试卷里的名家美文

故乡的秋夜

著／蒋殊

长江出版传媒　长江文艺出版社

图书在版编目（CIP）数据

故乡的秋夜 / 蒋殊著. -- 武汉 ： 长江文艺出版社，
2024. 9. --（试卷里的名家美文）. -- ISBN 978-7
-5702-3690-9

Ⅰ. I267

中国国家版本馆 CIP 数据核字第 2024FD9979 号

故乡的秋夜

GUXIANG DE QIUYE

责任编辑：刘秋婷　　　　　　　　责任校对：毛季慧
封面设计：尚书堂　　　　　　　　责任印制：邱　莉　　王光兴

出版： 长江出版传媒 ｜ 长江文艺出版社
地址：武汉市雄楚大街 268 号　　　　邮编：430070
发行：长江文艺出版社
http://www.cjlap.com
印刷：武汉中科兴业印务有限公司

开本：880 毫米×1230 毫米　　　1/32　　　印张：6.125
版次：2024 年 9 月第 1 版　　　　2024 年 9 月第 1 次印刷
字数：107 千字

定价：35.00 元

目　录

1

故乡的秋夜

作家导读：

　　故乡、秋天、夜，或许不是每个人都能拥有的。所幸的是，我出生在一个美丽的小山村。山村的秋天最丰硕，丰硕的秋夜最动情。曾经一个个生动的秋夜，如今却成了奢侈的风景。

　　车子停在一片玉米地旁。

　　放眼望去，我认识的树，都老了；老了的房子，依旧在老地方。

　　村里的人抬起头来。我看了，想寻出一两个熟识，名字似乎已到嘴边，却又失了主语。才知道，二十年流逝了我全

部记忆。这些陌生人，一定是从前的小孩、现在的成年人，是外村嫁过来的媳妇，是从前的孩子生育的孩子，是从前的熟人、现在衰老了面孔的"陌生人"……

我不认识他们，他们或许更不熟悉我。时间让我们变了模样，让我们极力回忆，却还是回不到从前。

有调皮的小孩喊："去谁家？"

我回了。就有喊声跟过来："可是小小？"

听到名字，挑谷子的女人在我身边歇下，盯了一阵，说："比小时瘦了。"她的头巾上挂了一层薄薄的黄土，让我想伸手摸一摸。她似乎是谁的妈，可又忘了辈分，不敢妄称，就笑："小时候胖。"

她又说："城里人就是不一样，还能嫁一次。"她的话很清澈，是流出来的。我信了，笑了。

婶婶从玉米堆里抬起头来，愣了半天才跳过来夺下我手上的东西："一个人？"

"孩子跟爸爸出门了。"

"你爸咳嗽轻些？"

"一直吃药。"

"你妈的腰呢？"

"保养着吧。"

婶婶丢下玉米，攥紧我的手，急切地开始了积攒多年的询问，直到远在城里的亲人在她脑中一一清晰，才满足地拍拍手。"晚上吃蒸饺！新磨的红面！"看我惊喜的表情，她笑笑说，"没忘吧？小时候一闻到味儿，就骑在门槛上不走"。

往事，暖暖的。

我洗了手，被婶婶推开，"转转去。"

阳光洒满院，晒出阵阵泥土香，空气中弥漫着久违的粮食气息。谁家女人吆喝孩子的声音清晰入耳。偶然，传来声声狗叫、婴儿啼，温情弥漫在整个村庄。

出门，那个爱打闹爱逗小孩的旧邻叔叔迎面走来，满头白发，身后一个小孩追着他喊爷爷。我小心叫声"叔"，他眼神疑惑，浅浅作答。我没说我是谁。他未敢问我是谁，走出一大截后，才返身盯着婶婶家的院门恍然求证："可是小小？"

表姐坐在我面前，诉说自小得病卧床却博览群书的儿子在一个夜里毫无征兆地离去。时间过去大半年了，她的泪水依旧肆意，有些便顺势裹进她的皱纹里。我惊叹她的苍老。高中时代，她拖着两条美丽的大辫子一路闪耀，她的恋爱故事轰动小镇，她出嫁当天嫩白的肌肤清亮动人。今天，她用粗糙的双手轮番擦着泪，如同一个农妇一般凄凉讲述。尽管还有一子一女，她依然执着惦记她的"二小"，那个无声逝去的她情愿付出一生再服侍二十年三十年的"二小"。

去表姑家的时候，她不在。家人说，她去城里帮儿子看

孩子了。两年不见，照片上的她清晰地衰老了。眼神、神情、稀少的头发，都让我有些失落。记忆里，是她在小河边将一头秀发浸在水里；是她上气不接下气跑进院门骄傲地告诉闺蜜有个男生在后面拼命追；是她露着一口洁白整齐的牙齿，抱着几个月大的儿子咬着一只梨在树下爽朗大笑。

时间！一切的一切，全是时间的赐予。曾经的好东西，都让时间夺去了。它像个妖魔，悄然从每个人身边走过，粗暴地从上到下、从前到后、从内到外掠去人身上的一切，包括记忆。我们可以战胜任何坎坷，独无法战胜时间。它要无情流走，一秒钟都不肯停留。你试着哭，试着拉扯，试着哀求，都无用。

好在，故乡的夕阳也如此美好，黄昏极其富有诗意。打谷场上，晒太阳的老人换了一茬又一茬，不变的是嘴里的开心或烦恼。家长里短就在茶余饭后被他们一桩桩晒在太阳下——有人疼，有人喜，也有人冷眼无语。

东西南北上天入地扯累了，空气瞬间便有些沉闷。这时对面梁上便会恰当地传过颤巍巍一声"吃——饭——"，被喊的边起身边嘟囔"破嗓子，"顺手拍拍前面的背，"回，一会该喊了。"于是，担心被喊的便相继收起烟锅家什起身。那些已经没人喊的，心便沉沉地失落，心里咀嚼着曾经荡气回肠的那一嗓子，嘴里却倔强地嘲笑被喊的："一辈子被管!"

我深信，这就是我的乡村，生我养我的乡村。我与故乡，依旧可以碰撞出那种一擦即燃的火花。味道，如此销魂。

"小小——"脆生生的呼喊响彻多半个村。

"叫你吃饭呢。"许多与我熟识起来的乡人热心提醒着。

回身，望到房檐上翘盼的婶婶，我知道，她的红面蒸饺，熟了。

三大盘原生态蒸饺冒着热气点燃着我升腾的食欲。城市的饭店，不管怎么吃，都不是眼下这般味道。我知道，除了婶婶的手艺，更多的缘于脚下这片黄土。

天，不觉间在我与婶婶边吃边唠中黑下来。这顿晚饭里，我与婶婶同样收获了大量信息。只是婶婶只能躺在被窝里慢慢消化，我却可以立即品味。于是，我起身下炕，换上婶婶的布鞋，出门。

一院的月光里，我隐约听到邻家电视剧里的打斗。

布鞋，松软的乡村黄土小道，星星月光……当我悄然绕过一个又一个屋檐，不会有人知道我心中的惬意。邻家门缝里，我清楚地看到鸡入窝后院中的安宁。即便那个白天不听话的孩子在挨打，哭声也是暖的。你看，泪还在，他就端起母亲盛的粥，笑着喝了。

谁的一声轻咳，像极了儿时的爷爷。我移开脚步，看他

挑着一担谷物经过，听负重的呼吸随沉重却快乐的脚步一同归家。秋天，是乡村男人证明自己的最好季节。当他肩挑一担沉甸甸推开院门，他的妻子，早已迎在门边递上热毛巾，捧出晾到正好的茶水；他的儿女，也早已安静地等在桌边，给他敬上筷子，外带一壶烈白。

他一声许可，孩子们会飞快地挑起一块炒得焦黄的鸡蛋塞进嘴里。哪个，一定会被噎着；哪个，一定会被呛着；还有哪个，一定会被母亲硬生生拍一巴掌。只有他，会在这吵闹嬉笑里乐呵呵醉去，专享他的夜。

我实在无法抑制内心的激动，实在无法拒绝这样的暖情。我的乡村，我的故土，多少年，多少次，我总会莫名被击中，莫名在这样的想象中澎湃万分。我深信，这就是最丰富的人生、最纯真的幸福。

我停停走走，走走停停。思绪，也在这越来越熟悉的情境中回到从前。文字、画面，在我脑中交相辉映，撤掉一幅，又换上一行。

那个夜啊。故乡的秋夜，如此真。

本文首发《上海文学》2013年第5期，为"赵树理文学奖"获奖散文之一，后收入长江文艺出版社的《2013年中国散文精选》，曾入选2014年苏教版高中语文读本。

我在不远处

作家导读：

　　一场受人之托的"偷窥"，看到一个父母双亡家庭的日常、一些人性的丑陋，以及一位少女的坚韧、尊严与倔强。

　　那年回乡，就是为了舅舅家的琴琴。

　　走时母亲告诉我：你在不远处，悄悄看看，她是不是让人放心。

　　故乡的天，总是亮得很早。

　　匆匆饭毕，打发走纠缠着要退学去打工的大亮，给小亮的瓶子里灌满热水装进小书包。兄弟二人一前一后走了。小

亮6岁不到，上学路上必须紧紧拉着哥哥衣角。大亮每次也都走得很慢，照顾着小亮。然而不开心时，他便故意放快脚步，害小亮在后面东倒西歪。

琴琴站在院边桃树下，望着两个弟弟渐渐走出她的视线。这天的阳光很好，她似乎有些开心。或许是因为，又一个暗夜过去了。

转身回屋，洗过碗，把一些剩饭渣兑了刷锅水，倒进鸡盆。打开鸡窝，六只鸡争先恐后叫着挤出来，顾不得在新鲜空气里打一声鸣，便冲向它们的早餐。尘土自然扬了琴琴一腿，她便像大娘一样骂：没出息的东西们！

进家，把柜子桌子擦得光亮，匆匆洗把脸，梳一把头发。照镜子时，琴琴忍不住笑了一下。那酒窝，像极了妈妈。

回身拿起那件织了不到半尺的毛衣，出门，看大娘还在家里忙碌、大爷还未从地里回来，琴琴快走两步，顺小路爬上屋后的山坡。

草都青了，蜀葵开满坡，露水也差不多落完了。琴琴坐下来，太阳暖烘烘晒过来，小院尽收眼底，自家的鸡已经和大娘家的混在一起。那只没出息的黑公鸡又在满院追大娘家的红母鸡。大部分鸡都坡上坡下开始觅食，只有那只最瘦的花鸡还在盆里一粒粒捡拾着最后的残留。

昨晚，大娘拿过琴琴正织的毛衣说，手有些紧。琴琴觉得也是，因为针都有些拨不动了。她沿着昨天的痕迹一点点继续。新买的线，蓝得在阳光下闪眼。琴琴坚持没听大娘的话把爸爸的旧毛衣拆掉，而是给大亮买了新毛线。爸爸妈妈的所有衣物，琴琴都叠得整整齐齐，放在妈妈当初陪嫁来的大红木箱里。

看来爸爸妈妈又一次钻进了琴琴脆弱的心底，两行泪顺势滚落在青青的草叶上，露水一般晶亮。六个月，仅仅六个月前，爸爸还在；一年前，妈妈也在。然而今天，爸爸妈妈却相聚到了另一个世界，把他们姐弟三人像飘飞的柳絮般丢在这个看不清未来的生活里。

"妈，是你叫的爸爸？"琴琴无数次在心底呐喊，有时候就忍不住说出来。两个弟弟在时，她不敢，只能在心里使劲，震到嗓子疼。妈走的时候，她哭了一天又一天；爸走的时候，她的眼里就没了太多泪。有时候她说想妈，有时候她又说恨妈。她说妈走后她天天祈祷，让妈在地下安心，让妈好好保佑爸，保佑爸爸坚强地把他们三个带大。然而妈还是把爸爸叫走了。还有爸爸，这个顶天立地的男人，竟然真的兑现了当初的诺言，跟他的女人走了。

"把我也带走——"

琴琴说妈走后第二天，爸爸就是这么喊的。跪在雪地里，喊得歇斯底里，喊得声泪俱下。然而当时大娘大爷都骂他，

乡邻也骂他："你走了，三个孩子怎么办？"

于是爸爸又扑过来，把三个孩子搂在怀里，嘤嘤地哭，直到把满院人的心都哭碎。琴琴知道，爸爸妈妈感情太好，爸爸实在舍不得妈妈，但爸爸一定更舍不下他们三个。

事实不是这样。那个凌晨，爸爸毫无征兆离去了。

琴琴拿起毛衣，擦擦眼角。看得出，她努力不去想这一切。现在，她是姐姐，是这个家的老大，她必须承担起天一般的重任。这几天她一直纠结，大亮是继续上学，还是退学打工？打心底，她不想让大亮退学，虽然大亮的学习成绩比她差很多。她已经回家了，大亮怎么可以再退学？妈妈活着的时候，没事就跟大娘叨叨：我们琴琴呀，可不能像别人家的女孩一样早早退学回家；我们琴琴呀，手一定要养得白白的、嫩嫩的，像城里的女孩；我们琴琴呀，可不能早早结婚，一定得学出个样子来。

妈妈的姑姑在城里，她每去一次回来，便发一通感慨："不上学，真不行。"

如今，妈妈疼爱的琴琴就坐在山坡上，一双嫩嫩的手已显出粗糙。琴琴的成绩单，至今都整洁地压在书包里。那只书包，她会时不时拿出来翻翻。退学回家后，她便把墙上的奖状一张张揭下来，擦去尘土仔细叠好放起来。她知道，今后不可能再有新的了，这些旧的，必须存下来留个念想。

如今，墙上空空。大亮从未得过奖状，小亮还小。也因此大娘劝琴琴，让大亮退学打工去，念书不会有什么名堂。要不，地里指望亲戚们东一下西一下，收成不会好。没有来钱的路子，三个人怎么活？

箱子里，打发爸爸收下的礼钱越来越薄。琴琴知道，爸爸在信用社还有贷款。数目不算大，可是大爷告诉她，如果不能尽快还上，利滚利也会高得惊人。

怎么办？真让大亮退学？琴琴喜欢极了学校，她非常愿意看到两个弟弟背着书包离开家，就像妈妈当初看着她背着书包离开家一样。她也非常愿意在晚上收拾好一切后辅导两个弟弟写作业；听着窗外偶尔的风吹草动，在有些昏暗的灯光下一笔一画写字做题。闲时翻翻大亮的书，那些习题和课文总能让琴琴重回课堂。

"琴琴，该准备买谷籽了。犁完这两遍地，过两天我就出门。"正在沉思的琴琴被突如其来的声音吓了一跳。回头，原来是大爷牵着牛从地里回来吃早饭了。大爷说今天犁完自家地，明天给琴琴他们犁。

"大爷明天不用回来了，我给你送饭。"琴琴乖巧地说。

买谷籽要钱。钱，就这样一张张出去了。那天大娘告诉她，过几天有一个亲戚结婚。大娘还说，以后这些事得她自己操心，红事白事，哪样都不能落下。看着琴琴为难的样子，

大娘说，迎来送往就是人情。爸妈不在了，你们还是一个家，没人会因为你们是孩子给你们减免这份礼，也不能因为你们是孩子就不参与这些事。

"以后家里有事，都是需要用人的。"大娘这句话让琴琴懂了，人情就是这样积攒的。爸妈走后，琴琴和两个弟弟见了谁都觉得像亲人，哪个亲人送来的哪怕一句安慰都让他们觉得家还没散。

"大娘，以后不管谁家有事，一定记得提醒我。"那天，琴琴郑重叮嘱大娘。

花母鸡用最响亮的嗓门告诉山坡上的琴琴，它下蛋了。四只母鸡很争气，每天至少有两颗蛋。

听到花鸡叫，琴琴的脸就有些红。

她忘不了那个中午，一口气打了十颗鸡蛋炒了，黄灿灿端上桌。小亮惊了，大亮叫了。琴琴看到两个弟弟欢呼，成就感十足。以往，妈妈总在什么节日才舍得炒，每次，顶多四颗。两兄弟为此争抢挨打，总是常事。

琴琴觉得鸡蛋是自家的，又不用花钱买，怎么总不让他们吃个够？

没想到，大娘端着一碗面进来："谁家鸡蛋有这么吃的？你家鸡一年下几颗蛋？这一盘，能卖多少钱！"

就是那一刻她才明白，鸡蛋是用来卖钱的。其实她也不是不知道，只是一瞬间脑袋突然就糊涂了，突然就没把鸡蛋和钱联系起来。那一餐或许成了永久纪念，两个弟弟吃了个够。此后，除了过生日和"六一"，琴琴再不轻易给大亮小亮鸡蛋吃。而自己，是不过生日的。自己的生日，以前都是爸爸妈妈给过，所以也就跟着他们一起走了。此后的每一颗鸡蛋，琴琴都像妈妈在世时一样埋进米缸，攒差不多时去卖。

花母鸡还在咯咯叫着，围着他们居住的小屋扑棱棱飞，墙皮被鸡扑得一片片往下掉。

她们住的屋子，爸爸没走的时候就有了翻修想法。可爸爸连一砖一瓦也没留下。今后，也成了琴琴的事。

"原来，哪里也得用钱。"那晚，琴琴就这么木木地说。她说想到过外出打工，可两个弟弟怎么办？家里的鸡、屋子、地，怎么办？懂事的大亮看出姐姐的心事，所以吵着要去打工。

大亮十三岁了，可他还是个孩子。有天晚上，他们在大娘家就这个问题热烈地讨论了几个小时，那是大娘在建筑工地打工的儿子回来的时候。众人出主意，让大亮跟着这个哥哥去打工。不爱上学的大亮也满口同意，还拍着胸脯给琴琴保证他会挣钱回来。可大亮能干什么？哥哥说因为是童工，只能悄悄跟着工头，活嘛，自然会有的，搬砖、和泥，学着干呗。琴琴一听就想哭，大亮还这么小，怎么可以去给人搬

砖和泥？大亮却不在乎，说他有的是力气；哥哥能干的活，他也能干。

这件事，就差琴琴点头了。

许多时候，琴琴常常在暗夜里问爸爸，希望爸爸能托一个梦，告诉她一个不犯难的办法。

大娘明白她的心事，便时常提醒她两个小子正在一天天长大。琴琴也渐渐明白，大亮到二十几岁时要娶妻生子，小亮也会到镇上读初中高中。出去上学花钱多，娶妻生子更需要钱、需要房子。可是盖房子要多少钱？琴琴脑子里没有一点概念，只知道攒这笔钱会很遥远。遥远的事，却不能不想。

她便常常问大爷大娘，爸妈在世时，怎样挣钱？卖鸡蛋、卖粮食、挖药材、倒卖袜子，这些琴琴都有记忆。那时候，琴琴在爸爸背回的一麻袋袜子里挑挑拣拣。那时候，她一直以为一麻袋袜子是爸爸的，如今才知道爸爸只是背回了那些袜子，袜子，是别人的。

"如果大亮再闹，就由他打工去。"琴琴后来告诉大娘。

山坡上，琴琴就那样有一下没一下织着毛衣。突然，她笑了一下。我不知道，她是因为想到曾经的教室，还是挑起家的自豪？

琴琴身后，突然就站了一个人，手里抓着一把红的白的蜀葵花。她突然想起，这就是大娘与她说到的木子。

琴琴看了一眼木子，不说话，绷了脸，低了头，任他把花摆在脚边。

木子家的两只羊就在身后吃草。

十七岁零两个月的琴琴一定知道，木子的花是专门给她采的；木子为她采花，是有用意的。村里不上学的女孩子们，大多都在谈恋爱。像琴琴这样大的，好多都有了主。何况，大她五岁的木子对她早有意思。

大娘说，琴琴还没退学的时候，木子就总在路边等她，给她一把酸枣、几颗核桃。琴琴说不要时，木子就一直伸着手等她接。可琴琴几乎从来都不接这些东西。

以前，爸爸包括大爷大娘都表扬琴琴，说就是不能要木子的东西。他们还说木子有什么好，不爱读书就是大毛病，而琴琴的学习成绩却非常好。大人们眼里，琴琴的未来一定在城里。

然而爸妈走后，大娘却常常故意和她说起木子。大娘说木子其实不错，长得也好，除去不爱读书，并没其他毛病。看到木子依然像以前一样对琴琴，大娘就干脆挑明了说，早点与木子定下来也好，现在这样的情形，还指望找什么样的人？再说，让木子帮助挑起这个家，有什么不好？

琴琴说大娘这样说时她心里有些难受，但现实又让她把这事认真放在心上，因为从心里讲，她并不讨厌木子。以前

不理他是因为他不上学，然而现在，他们都一样了，很多年甚至一辈子她可能都会留在这个村里。那么木子，难道不是最好的人？她有时甚至想，如果——如果她与木子恋爱，如果她与木子结婚，是不是也很好？木子忙时种地闲时外出打工，她做饭照顾家照顾两个弟弟，日子是不是可以过得和别人家一样好？

可是面对木子，琴琴却高兴不起来。

大娘在院子边上看到了，偷偷望一阵，回身叹一阵气。大娘说，琴琴心里隐藏着一个阴天。那天，琴琴在麦场上的厕所里无意听到一些话。当时，一干女人加上数不清的孩子在麦场家长里短、婆婆妈妈。琴琴正要出去时，一句话却惊了她的心。

"告诉你们谁都别给我找事啊！她是好姑娘没错，可是那两个'累赘'怎么办？一下娶三个回来，换了你们干不干？"

琴琴听得真真的，说这话的正是木子妈。琴琴也真真地知道，木子妈说的好姑娘，一定是她；嘴里的两个"累赘"，也无疑是大亮小亮。

那段时间，大娘有事无事便怂恿几个女人给木子妈提提这事。

"那——倒也是。"停顿了一阵，一个女人如是说。

"可你们家木子还和以前一样啊。"另一个女人如是说。

没想到木子妈的口气极其强硬:"想娶,他就跟了她去;要回这个家,不能够!"

琴琴刚刚是和女人们打着招呼进到厕所来的,外面的女人们包括木子妈,都知道琴琴在里面,都知道琴琴能听到这些话。琴琴明白了,女人们一定是看到琴琴,才向木子妈提这事;而木子妈声音那么响亮,也是因为琴琴可以听到。

琴琴没法待在厕所里不出来。

看到她,刚才说话的女人们尴尬地和她打招呼。

只有木子妈,头也不抬。

琴琴回家和大娘哭:"她以前可是很喜欢跟我说话的呀。"

山坡上,两只羊在远处吃饱了草,有些无聊,慢慢靠近他们。木子捡一个石块,赶走羊。可走了的羊又返回,还几乎贴上琴琴后背。

琴琴把手里的毛衣一甩,愤愤站起来,离开。

山坡上,木子看着琴琴的背影,蹲下,又起来。

进门,琴琴呆呆站在那只大红木箱前。大娘在院子里喊,太阳这么好,该把衣服拿出来晒晒了。可琴琴还是没打开箱子,她知道一翻就会翻出爸妈,只会站在那里掉泪。大娘进屋,告诉她以后箱子里的事包括家里的事都是她的,她必须亲手把旧的翻过去、新的翻出来。

终于，琴琴一件件把箱子里的衣服拿出来晾在暖烘烘的太阳下。

"中午吃啥？"大娘过来摸摸琴琴妈的衣服，问。

"面条。"琴琴答。

很快，屋里有力的擀面声嗵嗵响起。

外面，天还是蓝天，太阳还是那么明艳。鸡们也卡着时间回来觅午饭，扑棱棱站在门口跃跃欲试，有胆大的还晃了进去。琴琴只能先从案板上腾出手，抓一把玉米撒出院子。此刻的她，又一门心思跌进柴米油盐里。

琴琴的更多心思，必须跌进柴米油盐里。

她不知道，我一直都在不远处。

我不知道，把这些告诉母亲，她是忧伤还是欣喜？

本文原发《上海文学》2013年第5期，为"赵树理文学奖"获奖散文之一，后收入长江文艺出版社的《2013年中国散文精选》。

我们在一起，多好

作家导读：

　　中国父母，往往在儿女面前缺乏对爱的表达。那一年，当工人出身的父亲在本子上歪歪扭扭写下"我们在一起，多好"这句话时，我的内心泪如雨下。

　　从来没有那么害怕过面对父亲。因为，父亲在家里一直是一座山。可是如今，我是那么害怕面对他。

　　你看，父亲又坐在午后的阳光里，不言不语。我不过去，就这么远远地，观望父亲。父亲的脖子缩在衣领里，左手握着右手，低着头，不言不语。

　　那天，母亲对坐在沙发上缩着脖子看电视的父亲说：

"越来越驼背了，就不能把头仰起来，把背伸直？"父亲往后靠靠，脖子依旧伸在前面，只是笑。母亲有些恼："起来照照镜子去，瞧瞧你成什么样子了！"

是的，我不敢再翻看从前的照片，从前的照片里，父亲那么英俊硬朗，风度翩翩；我也不敢打开从前的画面，从前的画面里，父亲做事雷厉风行、果断威严。

时光啊，你不觉得剥夺得太多了吗？你看，你把父亲身上的美都掳去了。你不仅拿走了他的青春，也带走了他的强健。现在，他的身上只剩下苍老和疾病。不用说母亲不能接受父亲现在的样子，就连我们，也总是一遍又一遍地回想从前。

黯然神伤之际，从前又总会一遍又一遍闯进脑海，不管想不想回忆。

小时候的父亲，总是站在山那边，在一年一度的秋收时节与我隔河相望。或许是提前半个多月，父亲就会寄信来，告诉我们归家的日子。现在想想，那些个秋天，等父亲来信或许是一年中最快乐的一件事。平时，父亲也常常来信。父亲的字极漂亮，在那个枯燥的岁月里，读父亲的信也是一种享受和娱乐。可秋天的这封信，里面却写着父亲归家的日期。20世纪七八十年代甚至九十年代，在省城工作的父亲于我们而言倍感遥远。现在看来短短不到200公里路程，那时候却是要坐着唯一的一班长途车摇摇晃晃走七八个小时。而且，父亲从住地到长途汽车站，需要倒三趟公交车，花费两个多小时；从长途车下来，再一路步行到家，也得近一个小时。那时候，父亲回一趟家，必须搭上整整一天时间。

然而，我们是多么盼望父亲回家。这个日子，一定被我死死地记在心里。那一天往往是星期天，这也是父亲刻意选的，为了自己能多休息一天，也为了我能去下车的站点接他。或许前一个晚上，我便开始各种幻想。当然，作为一个孩子，最大的幻想还是父亲每次回来带的那个浅绿色帆布大包。那里面，总是装着各种久违了的美味和几件新衣。次日一吃过午饭，我便更加坐不住了。尽管母亲一遍遍告诉我还早，我却总是控制不住自己。任谁来找，也不去玩，还骄傲地告诉伙伴们：我的爸爸要回来了。

我的爸爸要回来，对熟悉我的伙伴们来说，也是一件不小的事。因为或许次日，我除了吃着他们吃不到甚至见都没见过的小食品外，还会穿起一件时髦的新衣。反正小时候，我的东西总是最好的。清楚地记得，直到上初中，那个极大的绘着古典人物图的淡米色塑料文具盒一直是同学注目的焦点。

这些，都要归功于我的父亲。

接父亲这天，于我而言总是格外漫长。然而我也有许多

事情需要做，比如一定要洗个头发，换一身干净衣服，再剪剪我的指甲。父亲是一个极度爱干净的人，我不愿意一见面就让父亲对我的卫生状况开始数落。这一切，磨磨蹭蹭，一上午时间也足够。中午饭后，我便盯着墙上的时钟坐卧不宁。等不到母亲的命令，便跑了。

从我家到父亲下车的地方，算不上有多远。然而不是坡就是岭，中间还隔着一条河。两条腿这样走过去，也得费好长时间。因为时间充足，我在路上不紧不慢的。然而还是早早爬上那个山头，高高地坐在山顶。不知为什么，每一次我总是愿意远远地坐在这里，等父亲下车。或许，是这里地势高的缘故，我看着山下的浊漳河，看着河对岸的马路，以及马路边那个站点。每一辆路过的长途汽车，都能引起我足够的兴趣。有时车停，有时呼啸而过。若是车停了，再看下来的人。大多数时候，我一眼就可看出是不是父亲。

父亲的特征，实在是太明显了。他几乎长年穿着一件洗得发白的工装。配上他清清瘦瘦的身材，极其朴素，极其干净，又极其精神。父亲与爷爷一样，头发早早就开始花白。因此，我站在对面的山头，总是一眼就可认出父亲。

父亲也一样，下得车来，把浅绿色帆布包放在路边，便开始朝这边的山头张望。父女俩的眼神，总能在同一时间交会。我们的手几乎在同一刻举起。与此同时，我便撒开双腿飞跑着下山，飞奔着过桥，飞到父亲身边。由于大部分时间与父亲是一年见一次面，因此一到父亲身边，我便立即按下那颗扑扑跳动的心，腼腆地站在那里。而含蓄的父亲，也总是开心一笑，摸摸我的头，提起手里的包，拉着我回家。

说是接父亲，其实我还是帮不了父亲什么忙。东西多时，父亲就地找一根木棍挑着；少时，就双手提着。而我，只是陪在父亲身边。往往是过了桥，便消除了与父亲积攒了一年的距离。妈的事、弟弟的事、我的事，甚至奶奶姑姑的事，在那些崎岖的小道上便一一抢先道与父亲。

未进家门，父亲对离开一年的家，便已知悉八九分。

从小，父亲对我的管教就极其严厉，有时甚至很过分。他总是会看到别人家孩子的长处，又总是会看到我的短处。比如，总说我的字不好；比如，总嫌我的成绩不够优秀；比如，坚决不肯让我接过与他同室的同事递来的一个面包；又比如，一嗓子把我从邻居叔叔推着的平车上吼下来。父亲极度追求完美，极度要面子。

盛饭时，如果不小心把一根面条掉在灶台上，总得挨父亲一顿训。也因此，盼望父亲回家，又惧怕父亲回家。

小时候，父亲的形象如此高大。一本一本的书，惊奇地听着父亲用城里话一句一句念出来。尤其是到了省城，父亲用一辆自行车载着我，看各种电影，进各种商场，逛各个公

园。大街小巷，我惊奇父亲为什么不会迷路。

7岁那年，有邻居到省城，母亲便托他把我捎给父亲。这是我第一次离开母亲，一个人来到父亲身边。自然，父亲对我的到来充满惊讶与欢喜，宝贝似的抱着我在他住的单身楼道里走了一圈又一圈。那些天里，我与父亲形影不离。父亲知道我与他不像与母亲那般亲近，便变着花样哄我开心，不给我时间想母亲。父亲上班，我跟着他安静地坐在角落里吃东西，看小人书；下了班，跟着父亲去菜市场买菜。每次买菜，父亲总是让我在大门外看着自行车，他自己进去。有一次，我觉得他进去的时间很久了，还是不出来，便想着是不是找不到我了，还是不要我了。想着想着，便趴在自行车座位上伤心地哭起来。我的哭招来一群好心人，当然最终也招回父亲。他急得把手里的菜丢在地上，用尽办法安慰我。及至我安定下来，父亲才一边收菜一边笑我傻。他端着我的脸问：哪有爸爸不要自己孩子的？

最终，我吃着冰棍哼着歌跟父亲回家。此后再买菜，父亲却再也不留我独自在大门口。

那段时间，父亲极其忙碌，却快乐无比。

然而有一天，我坐在父亲屋里的小凳上，看着窗外，还是想起母亲。正在身后给我包饺子的父亲发现后，赶紧举着两只沾满面的手跑过来。或许早已猜到我的心思，因此什么也不问，只紧紧把眼泪汪汪的我抱起来，说再住两日便让我跟邻居叔叔回家找妈妈。

我是家中的老大，又是女儿，父亲却最宠我，以至于我的姑姑因此而常常为弟弟抱不平。其实我知道，父亲宠我，并不是其他原因，而是我一直以来的爱学习。父亲宠孩子的理由只有一个，那就是要"爱学习"；父亲赞美孩子的条件也只有一个，那就是"学习好"。不管我们到了多大年龄，这都是父亲评判我们是不是好孩子的唯一标准。

我，算是一个爱学习的孩子，父亲也是一个喜欢爱学习孩子的父亲。可是，还未来得及走进高考考场的我却被父亲强硬地从校园拉出来，拉到工厂。当年，仅仅四十几岁的父亲突然宣布要"退休"，而不到 20 岁的我必须面对社会。

从来没有强迫过我的父亲，在简单地与我交代了情况后，就自作主张到学校替我办理了退学手续。突如其来的消息不仅让同学们措手不及，而且让喜爱我的班主任猝不及防。他甚至没有时间把我叫到办公室，只在走廊上匆匆问我："是你愿意的?"

我记得当时回答他的只有眼泪。

这时，父亲已经背着我的铺盖行李出现了。班主任也不再说什么，轻轻叹口气转身离开。我的同学们，一双双目光从窗户、门缝透出来，有的羡慕，有的惋惜。我真的没有时

间，更没有勇气走回教室，与他们一一告别。有些男生，我们还未曾说过一句话。

此后，好友不断有信来。而我，也只能通过她们的信件了解我的学校，继续我的学习梦。每当听到有同学考上大学的消息，我便要哭泣几天。那个时候，我一直无法接受父亲的安排，也不同意他关于"考上大学不一定能进好工厂"这样的理念。然而父亲是那样固执和坚决，连母亲也是支持的。母亲的理由是："你看看村里考上大学的孩子哪个能进了你爸的工厂？"

如果我当初有一丝自愿，绝对是母亲这个理由说服了我。然而，我心底那一丝大学情结却永远无法浇灭。我的大学梦，也只能用别的办法弥补——工作后再申请进学校，艰难而执着地一步步弥补完我的大学路。很快，我的学历一栏终于可以和别人一样写着"大学"两个字；然而父亲从高中校园拉我出来的那个场景，却总是我心底一份挥之不去的隐痛。

父亲不怪我对他的不理解，相反看到我进工厂后依旧像在学校一样常常书本不离手，甚至又走进学校，取得一份又一份他之前想都没想过的文凭，就越发喜欢他的大女儿，人前人后夸来夸去。

而我对父亲的依赖，却戛然结束在参加工作之后；彻底不再惧怕父亲，是成了家；而开始在父亲面前指手画脚，是当了母亲之后。

是我变了吗？细想想，其实是父亲慢慢老了。随着儿女的长大，父亲的思维慢慢滞后，父亲的想法开始落后，父亲的训斥也越来越无力直到完全收了口。

父亲一颗骄傲的心，终于在成长的孩子面前败下阵来。

遇到事，父亲开始征询我的意见；我说的话，父亲总会全盘接受。

最终，父亲将身上二十多年的城市味道洗得干干净净，沉下心来走向田间地头。此后的每一年，变成父亲来车站接我。母亲说，父亲就像儿时的我一样，总是早早便来到站台，抽着烟，向着车来的方向，焦急地等。

小时候空着手跟父亲回家，是因为我小，提不动重物。现在，依旧是空着手跟父亲回家。父亲总是边抢下我手上所有的东西边说：你哪有力气！

父亲有力气，也是我的欣慰。于是此后的许多年，我一直看着父亲使用他的力气。父亲种蔬菜，父亲挑水，父亲扛着谷子去碾坊磨小米。就是来到城里，父亲也是绝对的劳力，无论是买一袋苹果，还是一袋大米，我总会先在窗外敲着玻璃喊：爸，快出来！

可是，可是有一天，父亲突然没力气了。没了青春的父亲，怎么可能连力气都失去？

突然间，我好怕。父亲，真的老了，而且病了。

从未尝过输液滋味的父亲第一次躺在病床上，再也无力反抗医生的任何一个动作。这个曾经鄙视各种弱小、讨厌进医院的男人，终于变成一个无比弱小的人。在孩子们面前，父亲十分羞涩，无奈地接受着各种摆弄。

父亲，我们终于可以好好服侍你了。可是，我们并不开心。我宁愿，父亲依然像一棵强壮的大树，巍峨地站在面前，抢下我手里的哪怕是一箱牛奶，提着，大踏步向前走。

或许，我已经习惯了跟在父亲后头，跟随父亲雄壮有力的脚步。

由于脑梗，父亲的右臂右手不听使唤了，说话也不清晰了。每次见父亲，他总是呆呆地坐在沙发上，或者阳光里，左手握着右手，不言不语。看着父亲有些肿胀的右手，我总是忍不住生气，大声埋怨父亲为什么不好好锻炼，为什么右手总是动也不动。

而父亲，总是像孩子一样憨憨地笑着。有时，连笑也控制不住。而我，便会用力帮父亲按摩；父亲却不住口地叫喊疼，挣扎着阻止着我。

无奈，我只能软下来，给父亲讲道理，哄父亲听话，好好锻炼。甚至，像哄孩子一样，许诺他好了之后一起去买他爱吃的东西。

每次，坐在父亲面前这样絮絮叨叨一阵后，便有一种想哭的冲动。眼前这个孩子般的老人，还是我伟岸的父亲吗？还是那个说一不二的坚强汉子吗？我的面前，分明坐着一个孩子，一个还未长大的孩子。我必须用十二分的耐心，去给他讲一些连小孩子都很容易明白的道理。

而他，分明就是一个不听话的孩子。

医院那张病床上，父亲躺了将近一个月，我们也陪伴了他将近 30 天。

父亲病初愈那天，我拿出包里的本子和笔，让他用左手写几个字。我本来是想看看父亲的左手有没有受到影响，却决然想不到，他连想都不想，就写下七个令我吃惊的字："我们在一起，多好。"

这是一句有些文绉绉的话，根本不是父亲的风格。父亲写完，若无其事放下笔，也不看我，就像只是随便写了一个"大"或"小"那么简单。

我不敢有惊奇的表现，也不敢问父亲写这句话的含义，也装得若无其事。脑子里却一遍遍猜想，父亲这句话，到底表达的是什么心思？

近一个月来，家人与他朝夕相处，尽心服侍着他的所有饮食起居。这句话，是父亲对这半个月来虽然生着病却其乐融融的美好感受，还是经过一场大病之后对生活的重新感悟？

　　我猜不出来，只能把这七个字认真合在本子里，给母亲看，给孩子看，给所有的家人看。

　　坐在阳光里的父亲终于看到我，努力起身。我赶忙跑过去。父亲用含糊不清的话问我："上班忙不忙？""路上好不好走？"又急着敲窗户，告诉母亲我来了。

　　我挽起父亲的手，拉他在院子里散步。我边走边告诉父亲，上班有些忙，却很充实。我还告诉父亲，单位很好，越来越好，都是父亲当初的功劳。

　　听到这话，父亲突然哭了，就那样站在阳光里，像个孩子一样，不管不顾。

　　本文为"赵树理文学奖"散文奖获奖作品。

阳光下的蜀葵

作家导读：

多年以后，我偶然见到一种少年时期日日相伴的花，如同找到失散多年的亲人。然而当我热切地回乡寻找，它却躲在暗处，空留我愧疚。

多年以后，我才知道这种花的名字叫蜀葵。

那一天，只一朵，绚烂地开在一个朋友的微博里。引起我注意的还有旁边特意标注的四个字：蜀葵，蜀葵。我不知道朋友为什么要重复强调这个名字，但我也是从那一刻起才知道这种花的名字竟然叫蜀葵。

这种花，是我家乡的花，是我小院的花，是我童年的花。

然而，我忘记它太久了。若不是这条微博，我或许再不会想起这种花，永远不会知道它的名字，叫蜀葵。

或许从我有记忆开始，蜀葵花就烂漫地开满我的院落。我没有理会过它什么时候花开，什么时候花谢，只记得整个夏日直到秋它都存在。在我家乡那片土地上，蜀葵似乎很容易生长，从来不需打理，永远无人理会；它却总是一年更比一年茂盛地漫满小院，甚至延伸至小院上下的田野边。

繁密地生长在我家小院周围的这些花，为什么叫蜀葵？查，蜀葵是多年生草本，花有紫、粉、红、白、黑等多色，花期为 6 月至 8 月，原产地为中国四川。

也因此，它叫蜀葵。那么它是怎样跋山涉水来到我的家乡，又是怎样适应了家乡这片与四川截然不同的土地？是我的先人，远赴四川把花籽带了回来，还是我的哪一位长辈，在别的村庄别的院落随意抓了一把花籽回来？总之从那一天起，蜀葵就成了我家乡的花，成了我小院的花。我的记忆里，蜀葵自然生自然长，蜀葵花自然开自然谢，无人过问，无人关注。家乡的人不叫它蜀葵，按照音译下来，似乎是"崛起花"，这与百度里搜到的蜀葵别名都靠不上边。那么是家乡人自己命的名吗？是取它从华北这片乡村的土地上悄然崛起之意吗？

确实，这决意在我家乡扎了根的蜀葵，高的超过一人，低的也像五六岁孩童。然而不管高矮，每一根都顺茎直直骄傲地伸向天空。蜀葵花的每一个部位从来不会弯曲、低头，不管太阳身处何方，总是直射苍穹。

它的花开，也毫不吝啬，一根茎秆上，密密麻麻挤满十几朵，每一朵花瓣都层层叠叠多达五六层，有的舒展自然向外张开，有的像鸡冠样浓密地卷曲。蜀葵花的颜色也有多种，红的似血，粉的像霞，白的如雪。想想，那样一个黄土地上的小山村，那样一个布满原始窑洞的院落，有一群蜀葵花多姿多彩地摇曳在每一个夏日的轻风里，是多么富有诗意又是多么美妙的一幅乡村田园图啊。

可是当初，我院子里的所有人，从来都不觉得它美。

或许是大人们从不赞扬，我看待它们也便如院边随意生长着的一丛杂草。多年以后想起，才知道美这种概念也是需要相互灌输的。如果当初有一个人，或者我的奶奶，或者我的母亲，或者我的邻人，指着这种花儿说：瞧，它多美！我或许一定会觉得它美妙无比。然而当初，院子里连好好去看它一眼的人都没有。

只有一次，一位外村的亲戚来看望婶婶，一进院便大叫：真好看呀，这些花！

婶婶不屑：可能长呢，你看哪儿都是！

或许，这便是蜀葵不受关注、不被重视的理由？

　　七八岁的时候，院子里突然多出一株花，母亲说它的名字叫月季。对于这株月季，母亲呵护得好精心，按时浇水，按时施肥。每天早晨开门后的第一件事，便是察看它是不是鲜活如昨。最多的时候，月季上开了五朵粉色花，母亲更是严格要求并严厉禁止动它们，包括那些淘气的堂弟堂妹。这样一来，我们这些孩子对这株月季更多了几分敬畏。月季，当时听来，是多么动听的一个名字。记得，我远方一个表舅家的院落里，就长着不少月季。月季，我也是那一年第一次从他家院子里听到这个名字。当时，他的两个女儿每人从上面摘下一朵递到我手上，令我边欢喜边心疼。这么漂亮的花，怎么就轻易摘了下来？而表舅，竟不劝阻，更不训斥，并且还鼓励我：你自己也去摘一朵吧。母亲听到后立刻阻止了我。其实即便母亲不阻止，我也不舍得把手伸向月季，让那么美丽的花朵硬生生断送了生命。

　　也因此当我家院子里终于有了一株月季时，谁都会百般呵护。那一株月季花在我家院子里的地位，也就越来越高贵。上面盛开的月季花，在全院所有眼光的注视和呵护下也便高傲无比。外面有人来了，母亲也必然要带他们观赏这株月季，包括姊姊们也是，有事无事就过来认真瞅瞅或正绽放或已经凋零的月季。

　　那几年的夏天，那株月季成了院子里唯一令人赏心悦目的花卉。然而如果哪一次母亲忘了浇水，月季便蔫蔫地收了它的美丽，向所有人示威。

而那些蔓在小院周边的蜀葵花，却无论旱涝，依然保持它的生机。突然想到，家里人不觉得蜀葵珍贵，是不是因为养护它不需要成本，或者根本就不需养护？

花与人一样，都如此。

不欣赏蜀葵，却不能遗忘蜀葵。蜀葵花瓣，被我们这些孩子一瓣瓣揪下来，再从比较厚的根部耐心揭开指甲长的口子，扒成两片，互相嬉闹着贴在脸上和额头。常常是，满脸贴满蜀葵花瓣的孩子们欢叫着撒满院落。院子里，也扔满一瓣一瓣的花瓣。

蜀葵花还有一样让孩子们痴迷拿来玩耍的，是它没成熟的籽。我们早早把它剥开，取出里面像车轮一样白白的花籽，男孩子们在两个中间穿一根木棍或铁丝，做成"汽车"。女孩子们用木签穿成"糖葫芦"状，沿村叫卖打闹。

蜀葵花是摘不完的。我们频繁地摘，残害；它们执着地生长，盛开。

童年的夏天，我的眼里从未缺少过花，但大多是蜀葵花。

百度里说，蜀葵的花语是温和。我信。它温和地开，温和地谢，温和地忍受我们对它的蹂躏。只是至今才知道，蜀葵花曾经带给我们那么多快乐。蜀葵花，与我们今天娇贵地

养在家里的各类花卉一样，也是花。

那么是不是只有等到不见蜀葵花，才会重新想念它？

不见蜀葵花，是我们搬离老家那个小院之后。

次年夏天，眼里突然没了蜀葵花。那个夏天，我们开始适应新环境，齐刷刷忘记了贴满我们脸庞的蜀葵花，直到它若干年后遥远地出现在一个朋友的微博里。

微博里那一株蜀葵，强烈地触动了我的内心，让我凶猛地开始怀念蜀葵，开始回老家寻找蜀葵花。曾经长满蜀葵花的小院，房屋坍塌得一败涂地，杂草丛生得无所顾忌。在这个七零八落的院子里，我寻到躲藏在角落里的那棵唯一的小苹果树，寻到婶婶家那棵大桃子树，寻到奶奶从不让我们动一下的那棵梨树，甚至寻到叔叔从别处刨回来艰难地扭扭歪歪生长的那棵桑树。然而我寻遍院子里每一个角落，寻遍院子周边的所有沟沟坎坎，却寻不到一株蜀葵。

这艳阳高照的夏日，曾经开满小院的蜀葵哪里去了？

我真的很无力了。我知道这无力里带着伤悲。我百思不得其解，那些极易生极易长的蜀葵花，怎么能够没了一丝踪影？

我不死心，回头问一直在本村居住的堂妹。她愕然看着我：那谁知道？寻它们干吗？

我知道，她离那个小院太近。她依旧与曾经的我一样，眼里根本没有蜀葵，甚至早已经忘记了蜀葵。我却执着得想哭。她只好不作声，默默陪着我。

于是我退到奶奶家那片总是长满黄花菜的地里坐了整整半个下午，还是等不到蜀葵花出现。

我无比失落，为了寻不到的蜀葵花，更为了对一些事物曾经的不珍惜。

我知道，家乡再不可能有蜀葵。

从来没有一种花让我如此怀念。我无数次想，却怎么也想不通为什么会再也寻不到蜀葵。蜀葵是一种花，它曾经茂盛生长的那片土地还在。可是，为什么再也不见蜀葵？

突然间，我被一个解释吓了一跳，那就是蜀葵当年生长在我家小院，初衷便是为愉悦人的。而今人去院空，蜀葵，也就再没了生长的兴趣和力量。

离开人的蜀葵，竟然会不再生长。这个道理，令我感动万分、感慨万千又极度难以接受。竟然，是我们的离开掐灭了蜀葵的繁殖？

那么灿烂地一年年开满院的蜀葵花，竟然因我们的离去而终结了绚丽的生命？

我不敢也不想相信，可事实就活生生放在那里。

谁都不可能再回到那个小院。因此，也就再不可能在我的小院看到蜀葵。阳光下一丛一丛的那些蜀葵，永远从这片土地上消失了。

那车轮一般的花籽，是沉睡了，还是随着曾经的那些男孩子们疯狂开到了远方？

我只承诺，若是将来有幸得一座小院，我养的第一种花，必定是蜀葵。而且我发誓，即便它依然发展到自然生自然长，我也必定会用对待花的态度，对待蜀葵。

本文首发《黄河》2014年第2期，为"赵树理文学奖"获奖散文之一。

寻找史铁生

作家导读：

　　一个春日的下午，我独自一人到了北京地坛公园，寻找史铁生。走遍这座园子的角角落落，也寻不到他的踪影。然而这个没有他任何痕迹的园子，却似乎全是他的踪影。

　　刚刚进入春天的那个下午，我来到地坛公园。其实之前人们多次提醒过我，甚至一些文人朋友都说：没什么神秘，就是一个普通的公园。

　　我还是去了，当然与史铁生有关。

　　如今的地坛早已不是他当初进入时那个如野地一样的荒

芜园子，而是一个很平常也很漂亮的公园。

　　然而，也仅仅是一个与其他任何一座城市任何一处公园相似的公园。也因此，我第一次买了票踏进这个大门，还是备感失落。

　　第一次知道地坛公园位置，是北京一位老师指引。那是一个晚上，我们就在地坛公园附近一家饭店，说话间话题就转移到史铁生那里。老师说他们是好朋友，如果史铁生还在，一定可以去见见。从饭店出来，他告诉我左手边就是地坛公园，又转身指指右手边雍和宫的方向，说史铁生的家就住在那个位置。

　　史铁生与地坛的距离，如此近。

　　于是我执着地选择了这个上午，独自一人来到地坛。站在大门口，我在心里一次次丈量史铁生从家里到地坛的距离。那些年，他摇着轮椅，一次次从家里出来，经过雍和宫桥，跨过马路，来到地坛，开始他一整天一整天的沉思。也从这条路上从青年摇向中年，从中年摇向另一个世界。

　　也因此我更加不能释怀，心中神秘而高大的地坛，如何可以仅仅只是一个公园？我继续深入，寻觅。史铁生说过，他初进入的时候，满园子都是草木竞相生长弄出的响动，窸窸窣窣片刻不息，园子荒芜但并不衰败。

　　荒芜就是没有人烟。如今的地坛，人来人往，与荒芜无关，也与衰败无关。史铁生笔下的荒芜，已经不存在了。我无数次站定，静听，但再也听不到一丝可以代表荒芜的响动，蜂儿、瓢虫、蝉蜕、蚂蚁，不知道是藏起来了，还是被今天的现代声息赶走了。

我宁可相信，它们是跟着史铁生走了。

我的面前，一些人举着硕大蘸水毛笔在练字，一些人用身体拍打着树干健身，一些人在跳舞，一些人坐在阳光里看孩子玩耍，一些人走走停停、发一阵呆散一阵步，还有一些人只是简单地穿园而过。这些场景和谐共处，互不干扰，然而都掩盖在跳舞人群播放的巨大音响中，谁也逃不出去。

恍惚中，我还是觉得该看到史铁生的影子；甚至一进大门，我就无比犹豫，不知道先向左还是右。我猜不出，当年史铁生进入这个大门，摇着轮椅到底是先走到哪一边。

史铁生走了，带走与他有关的一切。

从未专注地崇拜过一个人，对于史铁生，更多的是那篇《我与地坛》。喜欢这篇文字，因为里面有很多疼痛。我不是欣赏疼痛，而是因为极其理解这疼痛。这些疼痛里，有些是我体验过的，有些是我即将体验的；有些是我也多次碰到的，有些是我侥幸错过的。

这些深深浅浅的疼痛，组成了每个人的人生。史铁生帮我们理了出来，便让这疼痛成了我们共同的疼痛。读着他的

文字，体验着作为人的我们共同的疼痛。这地坛，便不再是一个园子，以至于它的每一个角落，都写满疼痛、写满史铁生。

我来了，在每一处他应该走过的足迹里，寻找史铁生。

我不想说，我在寻找一些疼痛。

我认为，疼痛有时候可以治愈另一些疼痛。

我相信，快乐并不是生命中唯一被追逐的东西，有些疼痛感存在，或许才是完整的人生。因为，谁都躲不开疼痛。史铁生也说过，假如世界上没有了苦难，世界还能够存在吗？所以与其等它突然袭击，不如主动寻找。

择一条长椅坐下来。眼前是一位老人，在地上专注地用蘸水毛笔写字。身后的小空地，是两位老人家带着孙儿或外孙，他们专注的眼神，全部在孩子身上。就像那位写字的老人，只专注地盯着地上的字。那些字被阳光一晒，风一吹，很快就消失了。然而他还是要盯着那片已经没了任何踪迹的空地看上一阵。

这是最安静的一个空间，然而我还是无法静下心来。当时，史铁生坐在这个园子里，一连几小时专注地想着关于死、专注地想着怎样活。他有时开心，有时忧郁；有时伤感，有时又释怀。他甚至可以用一整个下午的时光，静静窥看自己的灵魂。然而我一闭上眼睛，远处的舞曲便不经同意哗啦啦输进耳朵。在这样的园子里安静地想象这些事，除非夜深人静，否则已经变成一种奢侈。

属于史铁生的地坛，已经远去。他说过：仿佛这古园就是为了等我，而历尽沧桑在那儿等待了四百多年。

史铁生走了，这历尽沧桑的古园也成了一座现代化公园。

此时，一位中年男人摇着一辆轮椅，快速而来。我突然一喜，一瞬间竟以为碰到史铁生。然而这个男人飞一般从我面前摇过，我才意识到他并不是当年的史铁生。这样的速度，既不可能思考人生，更不可能体验疼痛。当年，史铁生摇了轮椅到这里来，仅为着这里是可以逃避一个世界的另一个世界。因此他决不会这样快速，这样张扬，这样不着痕迹。

那时候，他总选择一处安静的角落，一棵老树下、一处荒草边、一堵颓墙旁，把椅背放倒，坐着或是躺着，看书、默坐、呆想，推开耳边的嘈杂，理他纷乱的思绪。更多的，还是长久地思考生与死。

好几年之后的一天，史铁生忽然想清楚关于死的问题。他把死归结为是命运交给人的事实。因此他不再急于求成去看待死，而是静静等待这个"节日"必然降临的那一天。

那一天，是 2010 年 12 月 31 日，我不明白他为什么选择将这一天作为自己死的"节日"。2010 年这最后的一天，对于他来说究竟有什么寓意？史铁生，这个铮铮铁汉为什么不

愿意继续向前一步，带着他强大的内心感受一下 2011 年是什么样子？

然而我又忽然明白，史铁生的每一步，都是走在他回去的路上。遗憾的是明明还不到牵牛花初开的时节，他葬礼的号角就已吹响。

在地坛，史铁生不仅思考出生与死这样重大的哲理问题，还用纸笔在报刊上碰撞开一条路。因了这条路，地坛便成了史铁生的地坛。

史铁生的地坛？然而或许，许多人并不这么认为。

那个上午，我在这个园子里走一阵停一阵。我想问问这里的人们，是否知道史铁生。起初我开不了口，不知道该找谁问起。因为，十五年中与史铁生一样坚持到这园子来的一对老人，应该已经不在了。那个热爱唱歌的小伙子，现在怎么样了？那个常常在腰间挂一个扁瓷瓶、瓶里装满酒的老头，或许也早已经去了吧？那个捕鸟的汉子呢？每天早晨和傍晚从这园子里通过的中年女工程师呢？还有那个漂亮而不幸的小姑娘，一定也已跨过风华正茂的年纪了吧？还有一个最重要的人，就是那个最有天赋的长跑家，史铁生的朋友，他一次次努力，一次次失落，现在还偶尔到这园子里锻炼吗？

一位看上去有五十多岁的男士进入我的视线，他正在园子里闲逛。我走近，问他是不是这里的常客。他说当然是，在这园子里前前后后差不多有二十年了。我心内一喜，于是问他是否知道史铁生。他有些茫然，问我谁。我认真重复了一次：史铁生。他听清楚了，却坚定地摇头：不知道啊，他是谁？

他是谁？我只能告诉他，是一位作家。老者笑笑：不熟悉作家。之后转身离去。

问错人了吧。我继续向前。不远处的阅报亭，两位六十多岁的老者正在边阅读边讨论。看上去，他们的年龄与史铁生相仿，于是再次冒昧打扰。然而两位又是相同的回答：不知道！答过之后，其中一位还用疑惑的眼神盯了我问：你要干吗？

我笑笑：不干吗，就是打听打听。

我离开。他们俩还在身后诧异：史铁生？干什么的？

不太甘心，迎上朝我而来的一位中年女士。我小心地问：曾经，有没有在这个园子里见过一位摇了轮椅的男人？他叫史铁生，似乎，戴着眼镜。

很怕她回答不知道，于是进一步说，那个时候，他几乎天天来这里，总是一个人。

女士分明是听清楚了，如我担心的一样，边摇头边说：摇轮椅的男人多了，你看！

顺着她的眼睛，正有一位男士摇着轮椅过来。年龄，也

如史铁生一般，但脸上绝没有史铁生该有的忧郁。

心内一阵悲哀，说不上是为史铁生，还是为文学。想再问一些人，却有些担心答案而不想再开口。

此时，一位老人匆忙跑过来，拉住我们问有没有看到一个小男孩，七八岁，穿大红运动衣，拿着一个篮球。我与女士一并摇头。她带着要哭的表情继续跑着向前了，边跑边唤着一个名字。

突然想到史铁生的母亲。那些年，她不是也像刚才那位老妇人一样，一遍遍走进这个园子，一次次焦急地寻找她的儿子？那时候，正是史铁生极度任性与倔强的时候，他忽然在最狂妄的年纪残疾了双腿，他的苦闷人们都可以想象出来，但只有母亲最清楚，并且需要双倍去承受。史铁生已经是成年人，所以母亲怕的不是有人拐跑了儿子，而是儿子自己把自己弄丢。于是那些年里，史铁生的母亲兼着痛苦与惊恐，步履茫然又急迫地一次次穿梭于这园中。伴随着母亲的这些举动，史铁生在园子里一天天冷静，一年年成熟，走过了狂妄，抛弃了倔强。然而母亲终究没有等到他成名那一天，她走在他成名之前。也因此，史铁生痛心地告诫所有长大了的男孩子，千万不要跟母亲来那些倔强，因为到懂了的年纪，很可能就已经来不及了。

忽然觉得，我对这个从未来过的园子存在一种绕不开的感情，与其说是因为史铁生，不如说更多的来自他的母亲；与其说我花了心思跑到这园中来寻找史铁生，不如说是在寻找他的母亲。是的，儿子在最狂妄的年龄双腿失去功能，由此颓废、发疯、任性、倔强……而他的母亲，注定要承受比儿子更大的苦与痛。多年以后史铁生明白，他的母亲是这个世界上活得最苦的母亲。那么些年里，她一次次把儿子送出门，一次次站在自家院子里心神不定，又一次次跑到那个园子里寻找儿子的身影。其间的担忧、痛苦、绝望、痛心，或许只有母亲，甚至只有与她有着同样苦难的母亲，才能真正了解她的内心。

因此这地坛内所有与史铁生有关的疼痛，其实有很大一部分来自他的母亲。

"多年来我头一次意识到，这园中不单处处都有过我的车辙，有过我的车辙的地方也都有过母亲的脚印。"我们不能责怪史铁生错了，我们的疼痛在于，总是要把自己的疼痛强加给深爱我们的母亲。

因为史铁生，我更愿意把地坛称为园子。这个园子里，此刻接近正午，有些人拎着一捆菜，从身边经过。跳舞的只剩下零零落落几个，在地上写字的老人也收了笔，只有少数人还在执着地停留。我相信，这其中或许一定也有着像当年史铁生一样的人，他（她）们默默地坐在一个角落里，在尘

世繁华里静静锤炼自己的内心，思考着不一样的人生。只是他（她）是谁？在园中哪一个角落？我不会知道。

正如当年的史铁生，他一天天在这园子里翻江倒海地思考，汹涌的内心却只有他一个人可以感受得到。

再去哪里呢？站在那座祭坛前，想象史铁生当年的场景。他说自己不能上去，所以只能从各个角度张望它。我不知道，史铁生当年从一遍遍张望里想到什么、悟到什么，然而肯定的是，这园子里的每一个物件，他都细细看过、认真想过。正如他说的，这地坛的每一棵树下他都去过，差不多它的每一片草地上都有过他的车轮印。无论是什么季节、什么天气、什么时间，他都在这园子里待过。有时候待一会儿就回家，有时候就待到满地都亮起月光。

"因为这园子，我常感恩于自己的命运。我甚至现在就能清楚地看见，一旦有一天我不得不长久地离开它，我会怎样想念它，我会怎样想念它并且梦见它，我会怎样因为不敢想念它而梦也梦不到它。"今天，史铁生已经永远离开这个园子。那么，他在地下有知吗？会不会做梦？我相信，如果有梦，梦里一定有这个园子；如果还有一个身影，一定是他那苦难而伟大的母亲。

然而，每个角落都洒满史铁生气息的这个园子里，竟然有那么多人不知道他是谁。地坛因他的文字扬名全国，但地坛里却找不到一丝关于他的踪迹。

哀伤，这本该属于史铁生的地坛。

然而他的地坛，终究是不复存在了。

回去吧。

出大门时，我还是忍不住问了一下查看门票的工作人员，她毫不犹豫：史铁生嘛，他写过这里的。

我的内心终于兴奋了：对，就觉得你们知道他。

她的北京味很浓：怎么不知道？里面，有介绍。

我一喜，想退回去：里面有他的介绍？在哪里？

她有些不屑地看我一眼：哪里会有他的介绍呀，他只是写过这里罢了。我说的是地坛！

是啊，史铁生，他只是写过地坛而已。地坛里，怎么会有他的名字？他的名字，只嵌在如我一样的人的心里。

本文首发《都市》2015 年第 12 期，后入选花城出版社的《2016 中国随笔年选》。

无人捡拾的柴火

作家导读：

　　树木完成使命后成为柴火，便是再一次重生，亟待火中涅槃，实现下一次蜕变。它无人捡拾，是发展的进步，还是乡村的凋零？

　　一到秋天，一见落叶，柴火就映现在脑子里。

　　柴火点燃，引发轰然激情的火焰，让人在温暖中无限欢喜。火焰之上，满满一铁锅沸腾的小米粥。依次煮入南瓜、红薯、豆角、面条，放了咸盐。起锅前再烹些葱蒜。

　　一锅和子饭，便洋溢在冬日的夜里。

　　吱呀一声，将漆黑与寒冷关在门外。一家几代围在柴火营造的灶台边，就着明明灭灭的火焰，吃饭、闲话，间或孩子央大人说些故事。

柴火像小山，整齐地码在不住人的窑洞里，有些就堆靠在院中墙边。小山般的柴火安放在眼前，踏实了整个冬天。

秋叶落下，秋假来临。刚刚从学校里放出的孩子，进门扔下书包，便三个一群两个一伙，一人一只柳条箩头撒丫子跑进大大小小的树林里。一时间，满沟满岭撒满孩子。他们不再调皮，顾不得淘气，仔细拨开厚厚薄薄的枯叶，拨拉出一根根行走到生命极限的枯枝。秋日的假期，孩子们最累：要帮家里收秋，更要完成学校的任务——捡柴火。学校会按年级大小，给每个学生进行分配，谁五斤谁十斤，一杆秤公平得不偏不倚。冬日的教室只有极少的煤，要保暖，就得自己动手，依赖一摞摞柴火熬过漫长冬季。

在捡柴火问题上，孩子们从不偷懒应对。于是在没完成任务之前，连睡个懒觉也小心翼翼。大人们一掀被子，便打着哈欠乖乖坐起。箩头就等在门口。迅速拨几口饭，提起，一边出门一边呼唤心仪的伙伴。而被唤的人，也在慌乱地做着出门的准备。一阵风过后，两只箩头，两个或搭肩或牵手的伙伴，便直奔村中树林而去。

所有的树木，早已充满期待。那些枯枝，以一个夜晚的速度，早已一根一根，等候在地。那些仍在成长期的幼年、

青年，以及壮年枝丫，高高在树上，望着垂落的长辈。它们祈愿，陨落的亲人被一双双干练的小手捡回、存放，静待燃烧一刻，怒放成灰。

也因此，一直觉得捡柴火的孩子，是在行使让树枝走向最后环节的神圣礼仪。

从发芽到参天，一些枝枝丫丫，总会生病，总会年华衰老。最终完成它成就了一棵树的使命之后，纵身一跃，以柴火的形象，静美落地。

连续几天的不松懈，学校的柴火小山一样坚守在各自的教室外边，井水不犯河水。

然而家庭的冬天，也需要柴火。于是提起刚刚在学校倒空的箩头，再次跨过田野，跑向林间。

没了硬性任务，孩子们便有了些松懈。累坏了的他们让自己舒展在落叶里，望着高高在上的树枝。偶尔，一根枝丫就在此时高速坠落。孩子一个打滚，惊险闪过垂直而下的危险。树林都是被捡拾过好几天的。经历过一个夜，新落的枝条常常只能薄薄铺满箩头底。急了便爬树，把即将要落不落的枝条折下来。才到中年的它们早早结束了作为树枝的命运，被悄悄压在箩头底。

一帮被大人逼出家门牺牲了玩耍时间的小孩子们，总是期待更多的树枝死去。而每一根终老的枝条，被不同的箩头，提回不同的院落。

迎接冬天，迎接燃情时刻出现。

多年后在城市，偶尔会看到落地的枯枝。怦然心动之后，再在缺一场华丽火焰的失落中悻悻离去。无人捡拾的枯枝，如同被倒掉的黄灿灿小米，是一场奢侈的浪费。

没有去到一个院子，没有经历一场燃烧，便失了枯枝存在的意义。

就如同这个秋季，我回到故乡，回到小时候一到秋天就漫山遍野寻找枯枝的村庄。路过从前校门外一排枣树时，横七竖八的枝丫落满地。

一股想捡的冲动莫名而来。可村人说，漫山遍野捡柴火的岁月，早已成了过去。

国家给的煤多了。更重要的，是人少了。

那时候，每个门里都住满人，每个炕上都挤满大人孩子，每个院子都鸡鸣狗叫、人声吵闹。满村的人，满屋的嘴，要吃饭，要取暖，要集体度过漫长的冬季。一到冬天，每个或精致或粗陋的灶台上，都要热烈燃起跃动的火焰。

冬天的村庄，是用火焰燃烧起来的。火焰逼去严寒，让寒流在人与人之间温情脉脉。有火焰的冬天，不再冰冷不再漫长。即便哪个孩子赤条条跑进雪里，随后的火焰也很快会让他从头暖到脚、从前心暖到后背。因此，冬天的柴火总是

不够用。孩子们，便会在长长的秋季跑遍每一棵有树的角落，捡回每一根脱落的枝丫。

伴着第一场或大或小的雪，冬天追着柴火来了。孩子们跪在窗台边，脸挤脸贴在玻璃上，看雪落在堆起的柴火上。有时候，他们的母亲会跑去雪中，匆匆抱一捆柴火进屋。

融着雪的柴火，在火里燃烧得更加欢快。

今天的村庄，从前的学校还在，只是没了念书的孩子。许多院落空空，一些有人的院落，也剩了老人在维持。老人们的冬天，单是脱了玉米粒的棒芯也烧不完。

曾经稀少的玉米棒芯，堆了满满半院，等待幻化成细细的炊烟。

捡柴火的年代，一去不回。

柴火少了，炊烟也细了，绵软了。做饭的时间到了，村庄才零零落落、慢悠悠燃起几缕炊烟。老人们常常做一锅饭，分几顿吃，因此他们的炊烟，往往是不等燃直，就又落下去。

无人捡拾的柴火，寂寞成镜头里的风景。

柴火，是不是比我们更想念从前？

本文首发《光明日报》2017 年 2 月 10 日，后相继选入河北衡水、江苏宿迁、贵州贵阳、四川绵阳市南山实验中心等多地初高中试卷。

一碗饭，一条命

作家导读：

　　因为一碗饭丢了一条命，一定会被认为愚蠢。然而这个人就是我的曾祖父。我听说了这个故事，却对他升起由衷敬意。

　　直到今天，才知道，我的曾祖父，竟死于一碗和子饭。乱刀扎遍周身。

　　我的情感往上，只能延伸到我爷爷那里。所以对于爷爷的父亲——我的曾祖父，未曾过问一丝一毫，更不知道在他身上还有如此血腥的不堪往事。

　　听母亲讲过曾祖母，因为她结婚后好多年与这个寡居的

奶奶住在一起。那时候听母亲深情讲述我的曾祖母，与听别人家奶奶的故事一样，收不进心里。

我的小姑姑没有见过她的爷爷，即我的曾祖父。70年后的今天，她把听来的故事讲给我。那个下午，她哭了，因为那是她的亲爷爷。提笔的这个晚上，我感觉到了疼痛，几次潮湿了双眼。才意识到，曾祖父的血液，通过爷爷，已经延续到我的身体里。

姑姑从她的父辈那里听说，日军扫荡那段日子，曾祖父一次次嘱咐他的二儿子，也就是我的爷爷：啥也不要顾忌，保护好两个孩儿！他说的两个孩儿，其中之一就是我的父亲。那时候，日本人进村如家常便饭；那时候，父亲才不到两岁。他一次又一次，与我的大姑姑一边一个惊恐地坐进我爷爷的挑筐里，慌乱地从家中奔向大山中。

我一遍遍想，我的曾祖父，在嘱咐过儿子啥也不要顾忌之后，为什么，还要回头喝那一碗和子饭？

那个午后，人们像往常一样跑向大山深处。可是半路上，曾祖父却改变了主意：你们先走，我回去把那碗和子饭喝了。

于是在杂沓的人群中，他勇士一般反其道，逆风而跑，逆流而奔——向着家，向着锅台，向着一碗和子饭，极速奔跑。

亲人们弃家而去。他无牵无挂，大刀阔斧，带着满身饥饿的力量，带着对小米的疼惜，向着家，冲刺。他一定是刚刚从地头回到家，跑出去又万般不舍那碗来不及端起的和子饭。也或许，隔三岔五地奔命，让他觉得依然可以侥幸一次。总之，那个时刻，一碗和子饭的诱惑胜过生命的威胁。

他如愿，赶在日本人之前，端起那碗和子饭。

多么喷香的一碗和子饭啊，就是他一路奔向的那个味道，就是老伴做出的味道，就是灶台温暖的味道，就是儿孙们簇拥的味道，更是饥肠辘辘胃里急需的味道。

可是，他以一饮而尽的姿势，被日本人堵在屋里。彼时，他或许更希望，喝到嘴里的，是一碗浓烈的酒。

肠胃的惬意，戛然而止。我的曾祖父，他不慌不忙，就在日本人面前，从容吃完那碗和子饭，如饮酒一般酣畅。之后，他摔碎那只给了他最后温暖的碗。

爷爷们发现他时，不沾一粒米的碎裂瓷片，躺在他腿边。曾祖父千疮百孔的身体，浸泡在自己的鲜血里。

就像一块好好的布，被一刀一刀划破。姑姑一手捂着胸口一手从脸到身体上下滑动，形容她的爷爷。

血，还在流，尽管已经染红了土地。

奔60岁的曾祖父，以鲜红的形象出现在家人面前。

哪里敢哭？姑姑讲到这里一边落泪一边大口喘气。她说那个连大气都不敢出的年代，哪里敢痛快地哭？她带着恨带

着怒地大声叹息，像是将自己父亲当年堵在心里的山洪畅快打开，让委屈与遗恨决堤而出。

扔下挑担的爷爷与他的哥哥，迅速推开母亲，把他们的父亲裹进破席子，悄然抬进对面山坳里。曾祖父的女儿嫁到外边的村子，还有两个小儿子不在身边。几个小时的时间，家人完成了曾祖父从去世到出殡的所有仪式。他全部的孝子，就是我的两个爷爷。他们抬着这具沉重的躯体，一前一后，用沉默的眼泪，护佑着父亲的身体。

一个简易的坑，安放了他们的父亲。心头唯一释然的，或许是他们的父亲胃里毕竟还有一碗和子饭暖身。

回家的路，血迹斑斑，泪水涟涟。

姑姑说，曾祖父被抬走时，甚至没有洗把脸。

夜晚，一家人收起灶台边的碎片，铲除过血染的地面，围坐在屋里，胆战心惊地猜测着曾祖父的死。曾祖父的身上，从上到下布满刀眼儿。曾祖父走了，性格还在。他们知道，一定是暴脾气的曾祖父激烈地反击了日本人。那时候鬼子进村，无非是想寻找八路军，无非是让老百姓当带路人，无非是寻找粮食。曾祖父不仅没有做——或许早想当面发泄一下埋藏在心中的愤恨；也或许，他还大喝一声：即便死掉，也不能让亲手种下的粮食喂进狗嘴里！总之，曾祖父一定是气势如虹，气壮山河，慷慨激昂，句句刀箭般穿心。

刀，在鬼子手里。带刀的日本人，怎能容忍被一介草民如此辱骂如此轻视。于是，钢刀，齐刷刷冲向他的肉体，速度比他奔向一碗和子饭快千百倍。曾祖父一定是边倒下边痛骂，钢刀才越来越愤怒，直到布满周身，直到他再也无法出声。

那个晚上，曾祖母一定哭着骂了曾祖父，骂他一如既往地倔强，骂他把性命丢在一碗和子饭上。然而这就是我的曾祖父，可以为一碗和子饭折腰，却不会为一条命向鬼子低头。

在我的家乡，一定有许许多多像我一样的后人，他们的先辈都以这样的方式壮烈地死在脚下的土地上。他们不是杀敌英雄，却死得荡气回肠、骨气长存。

我的曾祖母在爱人的鲜血阴影里独自生活了20多年后，于1968年的冬天去世。那一年，我爷爷已经54岁，即将到了他父亲当年去世的年龄。他们携儿带女，将父亲与母亲一起，重新安葬。

母亲记得清楚，那一天，是腊月初九。山里的寒风，彻骨地吹。

曾祖父，终于入了棺木，凌乱的尸骨，被从未盖过的崭新棉被包裹，温暖地与老伴一起，庄重地在寒风里体面上路。

24年后，他崭新的棺木后面，孝子贤孙排了长长的队伍。然而哭声最痛切的，还是我的爷爷与他的哥哥。

我的两位爷爷，把他们的父亲埋入土里，又挖出来，再埋进去。在一次比一次隆重的仪式中，安抚着父亲身体的痛楚，告慰着父亲在饥饿中含恨离去的魂灵。

我小时候，常常缠着爷爷讲故事。爷爷七拼八凑的故事里，也夹带着不少关于日本人的事。爷爷说的总是，他挑着我的父亲与大姑，回头还要一把将矮小的奶奶夹在怀里；爷爷还说，那副挑担随时就在炕头边，一有消息便飞身下地，把睡眼蒙眬的孩子塞进挑筐里。爷爷的故事不仅没有伤悲，倒让我们这些幼小的孙辈越听越有趣。爷爷的故事里，唯独没有出现过曾祖父。现在想来，他当初间或紧锁的眉宇间，充满对父亲的遗憾与怀念，充满对孙儿的呵护与关爱。而来自他父亲的血腥往事，一生被他死死压在心里。

今天，我听得惊恐万分，痛心疾首。因为那是 1944 年，再过一年，万恶的日本人就要耷拉着脑袋滚出这片土地。我的曾祖父，他的胃若可以忍一忍，他的倔强如果可以收一收，便能看到这新社会，便可以与我的曾祖母一起，在温暖的炕头上看儿孙满地。

一碗饭，一条命。这，或许就是曾祖父的命数。

遗憾我未能在曾祖母离去之前出生，否则也可以从她的影像里窥得一丝丝曾祖父的影子。努力想，模样却是我爷爷。或许，曾祖父的模样也真如我的爷爷。只知道，他膝下有五个孩子，四子一女。这本书初出版时，他最小的儿子、我的四爷爷还在世，已经87岁。可他还是于2021年90岁时去世，没有等到这本书第二次送到他手里。

我的四爷爷，长相也酷似我的亲爷爷。

回乡问过，我的曾祖父，名叫蒋存富。

他是我的曾祖父。

他不仅仅是我的曾祖父。

我在心中，为他竖起一块神圣的墓碑。

本文首发《散文选刊·下半月》，后获《海外文摘》等单位主办的中国年度散文一等奖，收入江西教育出版社《中国当代名家系列作品选·散文卷·行吟大地》，被宁波市北仑区等多地初高中试卷作为题目采用。

树的嬗变

作家导读：

> 一棵树死了，以另一种方式重生。一座院子，一个艺人，一袋旱烟，一场艺术盛宴之后，便是一次华丽嬗变。

一个院子，一个身着布衫的艺人，沉思在一锅旱烟里。

几个年轻的徒弟，欢喜地聚集在一堆木材前，轻轻触摸，窃窃私语。

几天之后，师傅终于按主家的意愿，在脑子里精心构筑出一张精美无比的明式架子床。甚至，他夜里无法入眠时，会想象着主家睡在上面的模样。他也曾几次挪动身躯，想象着怎样的睡姿可以让这张床的功能发挥完美。

又一锅烟之后，开工了。徒弟们终于可以对着这些木材，在师傅未散尽的烟雾里大声说说心里的见地。师傅一次次描出的样式，也早已深深驻进他们心里。

小小堂院，瞬间风生水起。

大锯、开锯、手锯、拼缝刨、平刨、净刨、方尺、斧子、小锛、麻花钻、墨斗、镂锯、磨刀石、量具、锉刀、木砂纸……齐刷刷聚拢在木材身边，摩拳擦掌，跃跃欲试。

这些家什，也吸引了院里院外的小孩子。他们欢喜地跑过来，东瞅瞅西摸摸，猜测着它们存在的意义。

第一声锯木声响起。徒弟们精心又精心，还是忍不住忐忑。这样的木材，绝非儿戏。他们拉锯的身影，远没有往常的洒脱随意。他们小心翼翼，改造着这些宝贝。

几百年前，一棵树长成。它被称为老红木，是做家具的上等材质，因此它注定不会在土地上终老。成长的日子里，总有人来看一看摸一摸。许多人临走时总要意味深长地拍拍它的身体。它懂得，那一拍一摸里存着希冀与不舍，便越发成长得奋力、沉着。

历经几百年风雨之后，它以厚重的身姿作别土地，完成了作为树的使命，涅槃重生，走近人。

这一棵树，死了，却以另一种方式华丽重生。

宽敞的院子里，一场漫长而隆重的艺术盛宴，拉开帷幕。拉锯声、刨花声、墨斗声交织成一首别样交响曲。徒弟们是表演者，也是观众。他们时而欢声笑语，时而肃穆沉醉，时而又因一个细节而发生激烈争辩。

师傅，便要在适当的时候出面，一锤定音。

架子床右上角一匹马跳入我的眼，同时一双眼睛出现，专注而细腻。或许因为刚刚吐完最后一口烟圈，那一刻，他的思绪一定是奔腾的，他的脑海里，一定是一片广袤的大草原。那一刻，马在草原上驰骋，他在红木上挥洒。而下方的一个女子，是水灵灵的沉静。我不知道他雕刻那匹马与这个人物时隔几天，我只惊异于他思维的跳跃。那双粗糙却灵动无比的手，彼时却似一个细腻的绣娘，用一颗温柔心一针一线、一丝一毫，雕出一个绝妙的女儿身。

不紧不慢的时光里，他将全部智慧付诸一棵树里，他将许多故事凝结在一张床里。

院子，在很长一段时间俨然成为一个艺术场馆。缔造艺术，总是令人无比欣喜。"艺人"们的生活虽然单调，却快乐无比。何况，他们面前，总会聚集一些村民，赶也赶不去。

大人们还好说，孩子们却不好对付。他们或站或蹲，有的甚至对这些木上图案指指点点。孩子们时而静立惊叹，时而又嘻嘻哈哈。那人物、那花鸟、那云纹、那奔驰的马，都吸引着他们明亮而好奇的眼睛。他们的问题，总是那么多。"艺人"们，也会时而停下来，给孩子们讲讲手中雕琢的故事。

这沉重的木，这死去的树，瞬间焕发青春。

有些孩子，或许因此而陷进木匠艺术中不能自拔，甚至恳求着拜师学艺，也是极有可能的事。

有的人，天生就是艺术家。

比如明熹宗朱由校，人们都说他文化程度低，不好理政；但一切其实都是因为他酷爱木工活。一旦与斧子、刨子、锯打起交道，便灵动十足，技艺非凡。据说，他的手艺连当时的能工巧匠都望尘莫及。凡是他看过的木器用具、亭台楼榭，都能依样做出来。

在木工艺术方面，朱由校思维非同寻常。他制作的微缩景观迷住了一代又一代艺术家。据说那个时候他就不仅在自己做的花园微观模型中设计了亭台轩榭、小桥流水，更令人叹为观止的是还在其中设计了喷泉。

朱由校不只用这些技艺来取乐。他会把精心打制的工艺品拿到市场上出售。更在天启五年太和殿、中和殿、保和殿进行大规模重造工程时，亲自担任工程建设总指挥。他不爱治国，却爱治木。他不喜指点江山，却在这沉重的木材世界里将艺术才能挥洒得淋漓尽致。可以想象，那项浩大的皇家

工程中，凝结了多少他对建筑与设计的不凡理念。

朱由校很想做个出色的建筑师和室内设计师，却因特别的身份，让他的梦想惨遭扼杀。留到后世的，只有他作为一个不称职皇帝的骂名。

皇帝，一定比一个建筑师高贵？朱由校，只恨生在帝王家。

没有史料记载，不知道朱由校是如何学会木工技艺的，只听说当时魏忠贤常常找来民间优秀大师与他切磋技艺。想来除了他过人的天赋，一定是跟了师傅。只是，他的师傅也不敢名正言顺地收他，只能欢喜而忧伤地看着这个禀赋超群的孩子，被拉离艺术世界，拉到最高殿堂前。他这个天下级别最高的师傅，也不会有人知道是谁。

突然想，收藏家手里的明代家具，可有一件是他的作品？

那些围绕在木匠们身边的小孩子们，远比当年的朱由校幸运。谁知道哪一个不会天生带着像朱由校一样的木工天赋？只要师傅轻轻指点，再假以时日，必成一代大师。

一张床，跨越几百年时光，走到今天。感谢一个个经手人，送走时光，留下历史。

厚重的红木、高大的体形、精致的镂雕花纹，盘旋在围栏、床柱、牙板、四足及上楣板。这张不同凡响的床，睡过多少人？他们是谁？有过怎样的故事？只有床知道。

打造这张床的艺人，叫啥名谁？这是他手中的第几张床？可是他最得意的作品？一切，也只有床知道。今天，我们只能用万分认真的态度与极端仔细的眼睛，看看这张床，看看每一个细节，上面装饰的一个个历史故事、民间传说、花马山水等，从其中和谐、平安、吉祥、多福、多子等美好寓意中，愉悦着遥远的身心。

广袤无垠的大地，当年的一棵树，不知道生长在哪里。几百年后，也不知是南方还是北方的一个院子收留了它。岁月更迭，床的主人几经变迁，今天停留在博物馆里。一批批人走近它，走近久远的历史，打开忘却的记忆。一批批，像我一样心思的人，猜测着床的种种故事，想象着床的缔造者。

一棵树，还将在岁月的长河中，继续嬗变下去。

本文首发《海外文摘》2017 年第 10 期，被选用为浙江省杭州市 2023—2024 年八年级期末试卷题目。

渐行渐逝的旷野之声（节选）

作家导读：

　　八十多年前，河南人李季被一位赶脚人带到荒芜的三边，从此跌进顺天游的海洋里，将大西北沟沟坎坎里原生态的歌声一网兜一网兜打捞出来，铺陈在今天的阳光里。

惊鸿初遇

　　不曾想到，初遇顺天游，是在一个旷野。且不是别处的旷野，是大西北的盐池县，是顺天游长诗《王贵与李香香》

的创作地。

那是一个清冷的深秋。国庆之后的西北，冷风已经肆意袭进肌肤。何况，几天前这里刚刚降过一场早雪。那天，还算一个好日子，连阴几日后初出太阳。然而冷空气还是一阵紧似一阵，追逐着需在风里行走的人。

大西北的田野极辽阔。尽管一路走一路打问，还是绕了几条路才找到要找的人。

没有吃惊。眼前人就是一位普通农民。他说正在盖几间房，要做文化大院。周遭，地上，都是施工的痕迹，还有一些干活的人。他也是刚从做活中起身，衣服上落着深深浅浅的尘屑，鞋子上更是裹着厚厚的泥土粒。

四周静寂，无人。他未来的文化大院在我脑中辽阔了一次又一次，于是开门见山告诉他：想听顺天游。

他笑了。笑容里只闪现出一丝丝腼腆，抑或是谦逊，便再无推辞忸怩。

一嗓子出来，四野立时活起来、动起来，让人恍惚进入一个新时空。那声音悠扬高亢、奔放开阔、荡气回肠，与歌者一样，是不加修饰的健康之美。周边干活的响动悄然静止，所有人都专注在这无边的曼妙里。

从未在这样的情景中听过这样的声音。因此那一刻便认定，顺天游，就是旷野的声音。

因为清冷，更感苍凉绵远。

歌者叫冯占国，一位七十二周岁的老人，吴忠市顺天游非遗传承人。遥远年代牵肠的深情，被今天的冯占国面对面演绎得细腻动人。他高亢的声音空灵地回荡在秋日的田野，荡气回肠。他唱的不是一首歌，而是一个个跃动、温馨又深情的画面。

他的尾音由浓到淡，从烈至柔，婉转而落。让曲中的主人公顺着他的音远去，又走近。

告别旷野，迫不及待走进盐池县革命纪念馆，站在王贵与李香香雕塑前。时间飞速行进了七十多年，他们依然青春，依然在执守着那份跌宕的爱。当年创作《王贵与李香香》的小土屋依原样复制在纪念馆一处院内。曾经，那是李季的宿舍兼办公室：一盘土炕，门开处是一张木桌，桌上一把算盘，一支笔，一盏油灯；炕上一张破席子，一个小木桌，上嵌一个炭火盆，依旧一盏油灯。李季就在这样的地方读书、整理民歌到深夜。

一九四五年，三部十二节近千行顺天游长诗穿透那个寒风凛冽的冬天，击退大西北呼呼的冷风，在这个小土屋内流淌而出。

盐池是幸运的，诞生了伟大的《王贵与李香香》。而作者李季初遇并进入顺天游的世界，却在陕西靖边。

当时，延安鲁艺梦破灭，无比失落的他一路跟着一位陕北赶脚人，于四天之后到达靖边。寂寞无聊的路途上，赶脚人一路高歌着顺天游。李季之前爱曲子戏及地方小曲的心弦，就在那四天中被拨出一根又一根，给了顺天游。

曾经寂寞的大山里，无书，无乐，无一丝娱乐响动，日子里却处处弥漫着风情。这风生水起，这鸡飞狗跳，这人间至纯至净又处处按也按不住的跃动，如何释放？原生态的顺天游横空出世，一嗓子，便可吼尽万种风情，吼出人生百态，吼出枯燥杂乱，吼出默不作声的悲苦，还有悄然潜藏心底不可见人的一桩桩心事。

清亮亮的顺天游，告诉天，告诉地，告诉沉默的人。沉寂的大山生动了，丰富了，热烈了；即便苦楚，也撕心裂肺地张扬了。

吃饭唱、走路唱、种地唱、打井唱，唱得天翻地覆、唱得地动山摇、唱得牛羊撒着欢儿跑。在陕北，顺天游是历代劳动人民精神、思想与感情的结晶，是百姓最亲近的伴侣，也是人民生活最直接的反映。

当年，李季把鲁艺抛在脑后，扎根三边地区，在听不懂方言、唱者又不识字的情况下，一个字一个字抠出三千多首顺天游。可惜由于战乱，毁了近一半。于一九五〇年由上海杂志公司刊印的简装版《顺天游》两千首，已剩下最后的孤

本静默躺在李季的爱人李小为手中。今天，他们的小儿子李江树在多方奔走后，做了新的加工整理与补充。那些年那些人的智慧，终归可得流传下去。那些曲调那些惊人的美，也终究可以让更多的人从耳到脑、从脑入心，沉甸甸醉一回。

伤感回望

珍存在李小为手中的唯一一本《顺天游》，是当初李季送给李小为父母的，签名还在。右上角是"爸爸妈妈赐阅"，赠送时间是一九五○年十月二十四日。

李季并非顺天游故乡的人。他出生在河南祁仪镇小庄村。小时候喜欢看木刻版唱本唱词，又喜在无事的晚间一遍遍听说书人唱鼓儿词和曲子戏。辞世前一年，他在《乡音》中写道："对于儿时曾入迷般喜爱的鼓儿词和高台曲（现在称作曲子戏），我也怀着深深的爱恋之情……我曾想过，倘若不是在战火纷飞的动乱年代……我的生活道路之一就是：很可能成为一个曲子戏的蹩脚演员。"

然而阴差阳错，他离开曲子戏的家乡，踏上顺天游的他乡。

从此他乡成故乡。

三边人都说，李季是这片土地上的人，是他把顺天游延伸到极致。而这些，都是十五岁独自离家的李季想象不到的。当年，他一心参加革命，出门后惊险地爬上军队的车，冒险到了西安，进入抗大一分校。一年后被分配到山西长治八路军游击大队，先后任文书、教育参谋、副指导员等职。半年后再被调任八路军总部特务团三营任指导员。年少的李季在战火纷飞中很快成长为一名合格的战士。因常常学着写一些通讯和散文，而结识了吴象、文迅、许善述三位文友——他们四人被人并称"太行四友"。并不在一起工作的四人只能书信来往，谈论各自读书的感受，更常常为了一本书翻山越岭往来传送。

战士李季的内心，升腾着浓浓的文学梦。一九四二年二月，他进入山西左权县上武村"晋东南鲁艺"（也称"太行鲁艺""前方鲁艺"）学习。然而仅仅三个月之后，遇敌人大扫荡。就是那一次，八路军副总参谋长左权在指挥突围中被炮弹击中牺牲。

彼时，李季就在那颗炮弹落下的不远处。

眼前的景象让他心痛万分。儒将左权随身带的全套《鲁迅全集》瞬间化作纷飞的雨，深邃的文字一行行布满血腥的天空。在未散尽的硝烟中，李季一页一页，冒险捡拾起这些宝贵的珍藏品。

之后，他跟着部队穿过同蒲铁路敌占区，到了延安，并

将途中所遇写成通讯《在黎明前的黑暗里》，拉开他公开发表作品的大幕。

李季最大的心愿，是上鲁艺。再三请求下，上级同意他以"晋东南鲁艺"学生的身份报考"延安鲁艺"。

那一年，他二十一岁。

没有想到，怀着一腔热血抱着满心希望的李季，却因学历太低又从未接触过西方文学，被婉拒门外。理想破灭得有些突然。李季料不到，一路翻山越岭跋山涉水，结果竟是如此不堪。

默默退回招待所，重新等分配。他沉默不语，有时悄悄去旁听感兴趣的课，有时又被抓差给"鲁艺"剧组挑道具。

经过难熬的两个月时间，李季在一片迷茫中接到通知，到三边去当小学教员。

三边的模样，在李季心里一丝轮廓也画不出来。黯然离开鲁艺地界，跟着赶脚人张登贵向靖边那个未知的世界进发。路上，他一言不发。张登贵也不问，只唱：

走一回三边十几天，
头一站住在走马湾。

……

日头出来一点红，

出门人儿谁心疼？

三天刮了两场风，

咱出门人儿谁照应？

……

一支支曲子萦绕在李季耳际。似懂非懂中，他觉得歌词里的叠字、比兴、押韵等行腔走调像极了家乡戏，一些画面常常让他回到童年听戏的晚上。听不懂唱什么，他便一句句问，张登贵也一句句答。了解了唱词，再听时，脑中便生出意趣与画面感，行走的路上顿时有了滋味，连脚下那些沙棘、蒿草、蒲公英也有了别样味道。

四天同行，张登贵将李季恍恍惚惚，带入一扇神秘的门。他就这样跟着张登贵，走到他生命中重要的转折点——靖边完小的大门口。

第二天，一个他毕生感谢与珍惜的人出现了——靖边完小校董委员、当地有名的民间艺术家杜芝栋。打开话匣子的杜芝栋，很快燃起李季刚刚熄灭的顺天游之火。他才知道，四天的路途，只是一个小引。

此后的夜，有了味道。晚饭后，两人盘坐炕上。干柴枯枝，一根根被杜芝栋放进古旧的火盆，手边一个火铲，隔一阵便要轻轻翻动。不久，一股诱惑口水流出的香气扑鼻而来。原来，火盆下早埋下土豆。空寂的夜里，小屋跳动着干柴燃爆的噼啪声，以及偶尔靠近门边的风声。土豆的香气一阵浓过一阵。杜芝栋不说话，只轻声哼唱，声音凄凄，余音绵绵，透着乡野纯真的朴素之味。李季的内心，一阵儿酸，一阵儿甜。

一个又一个夜，两人就这样，一个深情地唱，一个静谧地听。饿了，一个焦黄的土豆入胃；累了，背靠背睡下。生命中最重要的顺天游，就这样在旷野的风中一声声扎进李季的心。在靖边完小四个半月执教生涯中，杜芝栋为李季推开一扇嘹亮的窗。窗外，是三边的黄蒿、沙棘、镐头、河川、老汉、掏苦菜的女子，以及无边无际的大地。

李季的心活了，辽阔了，忧郁一扫而空。他才知道，以这样的方式呈现与还原出的生活，多么生机勃勃。他越来越明白，这个山连着山沟接着沟的黄土高原上，人们在日复一日的劳作耕耘下，日子枯燥而单调，顺天游便成为他们生动的调色板。

广阔的大西北，李季把自己平展展扔出去。那是一幅多么壮观的景色呀。他说那时还从未见过海洋。面对靖边蓝天红日映照下一望无际的金黄色大沙原，他觉得那就是海。一道道一条条的沙浪，就是阵阵海浪；沙漠路上的一队队骆驼，就是飘摇在海涛上的小舟；被一丛丛沙柳围集的绿洲，正是沙海上星罗棋布的岛屿。于是，他一个村庄一个村庄进出，一条沟一条沟爬过，走近那些蛰伏在乡间的歌手，跟着他们走乡串村、随着他们下地、陪着他们赶牲口，甚至隐藏在河边苇丛中，蹲在窑洞窗台下，听洗衣与做针线的女子信口吟唱。

几年后他谈起曾经追逐顺天游的时光，还是掩饰不住的兴高采烈："假若唱者丝毫没有察觉到你在跟着，他（或她）放开喉咙，一任感情信天飘游时，这对你来说简直是一种享受……只有在这时你才会晓得，记载成文的'顺天游'已经多少倍地失去了光彩。"

是啊，记载成文的顺天游，"已经多少倍地失去光彩"。人们的心是流动的、变幻的，顺天游注定是活生生的、水灵灵的、千姿百态变幻莫测的。不同的情绪点，燃爆的情感必是不一样的。

顺天游的作者，只能是大西北的百姓。他们站在这片独特的土壤上，随心所欲，托物言志，信马由缰；唱给山野，唱给大自然，唱给崖畔上的花，唱给树木上的果。广袤的旷野上，顺天游便是那凌空而下的一抹红，打破沉寂在黄土与

风沙中的枯燥与单调，抹去高原固守的原色，绚烂地刻进单色的长空。李季争分夺秒，希望这灿烂的瑰宝，能一一复制在他笔下，带离大西北，洒向中国广阔无垠的大地。

专家有过考证，顺天游源于《诗经》之国风，应该是产生于战国、秦汉时期的北方民歌遗存，是活着的《诗经》。虽经几千年沧桑变迁，仍是一脉传承。顺天游大多是两句一段，以七字句为主体，一阴一阳，一描景物，一抒情怀，即兴演唱，历久不衰。而且与一些古老的民歌一样，顺天游的句式简单多变，曲调、韵脚也随时变换。

"千年的顺天游土里埋，我把它一首首挖出来。"那些年，李季就像西北高原上一个老实憨厚的农民，一锸一锸，挖掘着这些土壤深处的宝。

顺天游，是陕北二十多种民歌中最为耀眼的星，是一部用老锸头镌刻在西北黄土高原上的传世巨著，是黄坡黄水间的一朵奇葩。顺天游不是简单的歌曲，是陕北人对生命的祭歌，对生活的颂歌。那一首又一首歌声中，汇聚了万万千千劳苦大众对生活点滴的素描，凝结了世世代代劳动人民对自然及生命抗衡的倾诉。蓝蓝的天白白的云，崖畔畔的花山沟沟的草，东山的糜子西山的谷，羊羔牛羔妈妈，大红马花褥子，都成为歌中一道一道闪亮的核心。率性、天真、稚拙的土言土语土腔调，都是浑然天成般纯真、纯净。上到山川河流星辰日月，下到油盐柴米小情小绪，都是入调的好材料。

生命之歌顺天游，像极了陕北人的性格，直气、豪迈、豁达、干练。你听：

天呀，地呦！
家呀，人呦！

天上火烧云，
地上麦苗青。

五年半的时间里，河南人李季将自己全身挂满陕北的风与尘，深深汇入沙梁下的风沙中，与当地穷苦人水乳交融。三边人把他当亲人，他也报以满心满意的爱。

某天，由顺天游形式编写一个故事的念头突然在他脑中萌生。彼时，一些男女青年冲破封建婚姻束缚跑出来闹革命的事件接连发生。很快，死羊湾催生的崔二爷出来了。一九四六年夏，顺天游长诗《红旗插在死羊湾》在《三边报》连载，一时洛阳纸贵。九月二十二日，以《王贵与李香香》的标题在《解放日报》连载三天。

《王贵与李香香》成为现代新诗进程中一次重大突破，更成为中国解放区文学创作中长篇叙事诗的高峰。悠扬的顺

天游，一下子走出三边，跨过西北大地，烧向全国各地。

大地与人民之子李季，在离开生命中最重要的三边之后，依然一如既往，深情眷恋着那里的一草一木，用顺天游荡涤着生活中的沟壑与弯曲。一九五八年到一九七三年，他四次回到三边，向天空、向大地、向河流、向高山、向人群，叩问顺天游的声音、抚摸顺天游的光泽。

李季的最后一篇文章是《三边在哪里》，是他离开三边三十多年之后的一个早晨开始书写的。可是文章还没写完，他的生命就画上句号。

那一天，是一九八〇年三月八日。那个下午，他因心脏病发作离开这个世界。上天没有再让他拿起那支笔，戛然切断他对顺天游的深情表述。

顺天游的光芒，定格在他五十八年的生命时日中，如霓裳般绮丽夺目。诗人走了，晚霞中的顺天游惊醒了，它集结起三边的山涧、墕畔、沙海、湖泊、树木、飞鸟，以及浩荡的人群，越过沙蒿蒿、穿过河畔畔、跃上沙梁梁、亮出响亮的声腔，为李季奏响最后的弦歌，在陕北大地掀起生生不息的美学大震动。

本文首发《人民文学》2018 年第 3 期，后收入人民文学出版社《21 世纪年度散文选·2018 散文》。

盛大的告别

作家导读：

从来没有哪一年，会像 2016 年那样给予我沉重的打击：从春到冬，我那不到 80 岁的父亲、不到 50 岁的同乡、不到 40 岁的同学、不到 30 岁的表妹先后离开这个世界。那一年的告别，堪称盛大；那一年的告别，锥心刺骨。

春风又绿。那个极为讶异的消息，就是顺着 2016 年第一场春风来的。

一个不到 50 岁的老乡朋友病重，而且"不会太久了"。得说点什么是不是？该做点什么对不对？可是，一个在人世

间"不会太久"的人，听什么，可以暖暖心？

沉默地挣扎了几天，终于鼓起勇气发去一条虚伪的信息：最近忙什么？他很快回：哥在吃喝睡觉，只是暂时少了酒。是的，他是一个大口喝酒的人。我不能再装下去，笑：待我哥养好身体，咱大喝。

他乐得不行，笑过来：怀念大喝！好想大喝！

我笑着哭了。

可是，很快又得知，体重两百多斤的他已经瘦到不满百斤。

努力，也想不出他瘦下来的样子。之前，他最大的愿望就是减掉一身肥肉，瘦成一道闪电。他一米八多的个头，不到一百斤，就是闪电的模样吧？

我哭着笑了。

不敢去看望他，也不敢再问些什么。他依然偶尔发一条朋友圈，内容一如他的性格，充满欢乐。

终于，属于他独有头像的微信朋友圈，终止在某一天。

春风转为夏雨。他离去。

那一天，是党的生日。当晚，大型文献纪录片《火种》正式播出。

他是总编导，据说闭眼前还在惦记。

那个晚上，那么多双眼睛盯着电视屏幕，上天独断了他当观众的路。

他留下的作品太多。各大媒体上，是"他把生命献给纪录片"这样沉痛的文字。

一场又一场盛大的告别开始接力。他愿不愿意，用生命换取这些？

洒一壶酒，请他在另一个世界痛饮、安睡！

彼时，我的父亲时隔四年第二次病倒，再次踏上了与病魔抗争的艰难道路。

而我年轻的表妹，正躺在病床上，无法下地。

表妹刚刚二十六周岁，是姑姑的女儿，因为没有兄弟姐妹，一直当我是亲姐姐。一年前惊闻她患了乳腺癌，吃惊之际让她快来省城。然而医生认真检查了她那只硬邦邦的乳房后，抱着同情的态度勉强对她进行了两个疗程抢救性化疗，之后打发回家。见惯了生死的医生已经足够温暖，因为表妹乳腺上的癌细胞已经转移到肝、到骨头。

那时她才二十五岁，还是个孩子。她对突然终止的化疗产生了恐惧。于是骗她，说需要回去歇歇，再来。之后没与她商量，给她买了去威海的车票，让她看看只在电视里见过的大海。

那是她平生第一次远行。尽管她惦记着自己的病，尽管

她一直在我耳边念叨路费很贵住宿很贵，尽管她最想做的还是赶紧化疗。那个时候，她最大的希望是熬过一段痛苦的化疗后，让医生可以切去她的一只乳房。

那是一只年轻的乳房啊。可那个时候，舍去一只乳房成为她最大的愿望。

然而，这样残酷的梦想，命运却拒绝帮忙。她的乳房已经错过最佳治疗期，连冰冷的手术刀都不想靠近。

送她上长途车，向她描述海边的美，给她承诺回来的好。她笑容灿烂，因为她始终相信我这个姐姐。从当初的炎症到后来的癌症，她一步步知道了自己的病情，也一句句相信了我说的癌症并非不治之症。她由绝望到失望，再由失望到充满希望。

大不了，舍弃一只乳房。

我这样说。

她这样应。

切了还有办法的。

她听了笑着点头：我信，姐姐。

我把谎言变成诺言，换取她明净的笑脸。

此后几天，她把疼痛淹没在海水中。

结束后她发来信：姐姐，我是不是可以直接回医院？

突然发现，一个人可以去医院，竟是一种幸福的奢侈。

可是，医生不收她。她不仅没有资格上手术台，甚至连去窗口交费挂号的权利也被剥夺了。

"姐姐，我听你的，回家，等。"发了这条信息后，她坐长途车，从海边回到山里的老家。

而她的母亲，我的姑姑，一遍遍向我求证着女儿的身体信息。一次她忍不住问我：是不是治不好的病？

瞬间难过到不耐烦，大声责怪她：如今医术这么发达，有什么病治不好？再说，哪有妈妈幻想女儿病治不好的？姑姑怯怯向我解释，她只是想知道真相，她只是无比无比担心。因为，她是母亲。

听筒，控制不住颤抖。

沉默良久，那头说：姑姑想哭一场，可哪里都有人——
内心轰然崩溃。

为了消除表妹的疑虑，也是全家唯一可以抓住的最后救命稻草——让她吃中药。中途她不甘心，频频跑去当地医院化疗。

她一个医生一个医生恳求：化疗后，给我切了吧？

无人回应。

如何，才肯切去她一只 25 岁的乳房？

骄阳退去，秋风起。

秋叶落尽，冬雪至。

她端着那只沉重的乳房，熬到第二年。其间对于我每一次"最近怎样"的信息，她总是回复：姐姐，我好。

或者：姐姐，它软了些。

有一天，她欢喜地发来一张照片。

我夸：新发型真好看。

她回：姐姐，假发，真的一根也没有了。

翻出前一年闲来无事为她编织了满头小辫的照片，欣喜地看，无力地哭。

事实中的小表妹，比我坚强。身体不疼时，她依然戴着那头美丽的假发，满村跑。依然在灶台边刷锅洗碗做饭，依然与她 5 岁的女儿抢手机玩。

她越坚强，亲人越疼痛。

终于有一天，她忍不住问我：姐姐，我会不会死？

叫我怎么回答！叫我如何回答！我的谎言，已经够多。表妹会不会死？这也是我一直向天向地要不到结果的大问题！

我年轻而美丽的表妹，我每天蹦蹦跳跳不知疲倦的表妹，真的哪一天就会突然死去？

姑姑在给母亲的电话里，描述着表妹的病情与身体状况。不忍听。我的脑海里，总是她轻盈地笑着叫我：姐姐。

终于，表妹无力的笑容，定格在 2016 年 7 月 4 日那天。

离前面老乡朋友的离去，仅仅过了四天。

没见她最后一面。出殡那天，我赶回去，她早已经在棺木里。

一直觉得，我的准备够充足，然而当她的遗像出现在面前，那一头秀发一脸灿烂还是强烈袭击了我的心，汪洋喷薄，肆意而出。

她5岁的女儿握着手机轻叩棺木：妈妈，出来玩游戏……

我在一院哭声里上路。

因为，还有另一场告别等着我。

昨天，我刚刚在一场雨里告别了小张、告别了小李。我们轻描淡写地说着"再见"，我们从来不想"再见"的含义。

怎么会知道，与谁，突然就没了下一场再见？

静静就是。

我们同桌过两个多月，在鲁院。

她才35岁。

她选择的日子，是表妹离开的第二天。一个声音缥缈传来：静静不在了。

怎样的不在了？

就是不在了。就是，以后谁都不可能在人世间看到她了。

尽管，她前一天还与许多人说了"再见"。

活着的人是无用的。只能哭，唯有哭。

我们相识于两年前，我们相处了两个月。她在我的左手边，我在她的右手边。上课时，她右转，我左转，窃窃私语，偷偷交谈。

毕业后，我们见了两次。

幸亏，我们见过两次——尽管不在彼此的城市。

每次坐高铁去北京，都会经过她的城市石家庄。而每一次路过，我都会拍一张照片发她：此刻，我在你的城市。

她回：什么时候，能停下来？

我说：如果终点站是石家庄，一定是去看你。

她回：那必定，是我接你。

我与她，就这样兴奋地，约定一次又一次。其中有一次，是约定去吃她的纯手工肉排堡。

我与她的城市，高铁只有一个小时。因此我们都觉得，见面太容易。

太容易的见面，一次一次被忽视。

更有，我们太相信各自年轻了，太以为还有大把的时间掌握在手里。我们自信地以为，见面还有长长久久的若干年，根本不必急于这短暂的一两年。况且，我们要做的事实在太多，怎么可以辟出专门的时间只为见面？

相信她在另一个世界，定会与我一样，遗憾到心碎。

第一次把终点站定在石家庄，竟是盛大的告别，是无法说"再见"的见面。

　　夜色里，向她而去。

　　突然，身后一阵柔美的笑声，让我想起两朵花儿。她们开放，她们消失，如此随心所欲。我的心，却需要一段时间，艰难治愈。

　　躺在太平间的静静，听说有好友一整夜一整夜向她倾诉未说完的故事。

　　真后悔。我对她的表白，一直悄悄藏在自己手里。其实我专门为她写过文字，有一篇还在杂志上刊发，却一直没有告诉她。发表前是想着送她铅字惊喜；发表后却又对文章极不满意，悄然藏起。

　　不满意，是我总不能写出她的好、她的美。

　　那本杂志、那些文字，她竟从未看见。我不善当面言辞，那些话，我最终只说给自己。

　　与她常常当面表达对我的喜爱不同，那些藏起来的文字，是我仅有的对她表达过的心声，就这样成了永久遗恨。

　　我是多么无知与小气，对她的好，竟要这样遮遮掩掩。

　　终归是我想不到，有些人，突然就会永不见。

　　熟悉的石家庄站。

　　静静，我兑现了承诺。接站的人不是你。

次日殡仪馆。一位男人在阳光下肆无忌惮地落泪，我知道是她爱人。果真，他用力握了我的手：你一定是蒋殊。

我一定是蒋殊。而我多想此刻他是笑着站在静静身后。抬眼，另一位男人走来，挂着一脸泪。我一眼认出，他是静静写作上的搭档、生活中的好友。他直愣愣冲我过来，像遇到久违的亲人，泣不成声地抓起我的手：静静走了，别忘了石家庄还有我。

一股相依为命、同病相怜的切肤之痛从他的脸袭进我的心。而我，宁愿他像之前一样，站在静静旁边，与我只是淡淡一笑的关系。

有人喊：见最后一面的，赶紧！

来不及想太多，我们携手，恐惧而迫切地跟着她的亲人，向着黑暗深处走。

之前，是她这样牵着我，给我讲她看过的那么多电影、读过的书。那是在一棵铺了一地金黄的银杏树下。之后她边捡叶子边说：秋天多好，认识了你。

还有两个月，秋天就到了；再过两个月，银杏叶就黄了。

她的世界有没有秋天？可不可以看到金黄？

她以枣红色的形象，出现在眼前。枣红色的衣服，枣红色的小礼帽。肃穆的青春，疼痛难忍。

"殊！"是她，最早这样称呼我。

"殊！"多想，让她一扭脸，再一次这样喊我。

被人催。回头，牢牢记下她的脸。

等待处廊下，一双相拥哭泣的老人。我知道，那是静静的父母。

众人无语，落泪相劝。

父亲站起来，祥林嫂一般讲述。尽管老伴在一旁又拽又拉，他还是语无伦次地坚持。我听明白了，两天前，静静是在从普通病房转往重症监护室的路上，停止了呼吸。

她的父亲一遍遍强调，前一分钟，躺在移动病床上的静静，还想弯腰捡拾一件什么东西。而瞬间，她在说过心脏突然有些难受之后，便永远停止了呼吸。

静静的离去，让我第一次知道有一种要命的病，叫引不起太大重视的"心肌炎"。

"小时候，她那么小，抱在我怀里。"她并不年迈的父亲捶胸顿足，"最后，还在我怀里，就在我怀里。"

尽管，父亲一瞬间就把心脏突然难受的女儿搂在怀里，他所有的力量却只能用在紧紧抱着这个慢慢冷却的身体。

最近的距离，他抱到最远的世界。

那一刻，是不是一个父亲最大的失败？那一瞬，是不是一个男人最大的恐惧？

医院人来人往，为各自的亲人脚步匆忙。偶尔有人停下

来看一眼，也只是瞬间感受一下这个年迈男人的撕心裂肺。

睡不着的长夜、一睁眼的黎明，两位老人对抗生命的时光里，飘来飘去只有一个痛切的影子。

那是他们唯一的、刚刚开启了精彩人生路的女儿。不久前，他们还抱着外孙嘱咐女儿：一个孩子太少了，再给她生个伴儿。

去世前一个月的一天，静静一边把一张张卡纸给5岁的女儿剪成圆角，一边感慨：人生苦短，爱最珍贵；只要她在，就不会让女儿受到丝毫伤害，哪怕替她抹平所有的棱角，哪怕她生活中都是圆角。

去世前半年的一日，她出差几天后回家，5岁的女儿抱住她，这样向她描述"时间"：时间是想你的时候，它走得特别特别慢；你陪着我，它又走得特别特别快。

今后，女儿的生命里，再也没有了特别特别快的时间。她一生要处在特别特别慢的时光里，一遍一遍重新定位对时间的认知。而她的脑子里，妈妈的形象会越来越模糊，只剩下一堆发黄的圆角卡纸。

一个人离去，多少爱无处释放多少情延续不下去。

静静被燃成灰，表妹入到土里。一切，都散去了。空气里，再没了她们的滋味。

天地无限大，却没有两朵花的生存空间。

秋天带着忧伤的气息，如约而至。

忙碌的人们更加忙碌，曾经哭泣的人们，早已开始欢声笑语。

红尘里，她们来过，一晃而去。

当然，也一定有那么多人，因她们离去依旧黯然着支离破碎的日子。比如父亲，躺在床上，突然就会默默为表妹落泪。他更不时说，为什么不用他残弱的身体，换得表妹留在人间。

母亲便说：那就为了我们，好好活你的。

不记得从什么时候开始，激励父亲与疾病抗争的理由，就是"想想我们"。也许是发现父亲对于恢复健康的不主动，也许是越来越觉得走的人一撒手走了，痛苦要由活着的人承受，于是生气时大声吼父亲：怎么那么自私！

每一次，父亲总像做错事的孩子，无助地低头不语。

全家艰苦地努力着，想激起父亲好起来的斗志。

磕磕绊绊，父亲顽强地进入冬季。

冬天来了，春天还会远吗？

而父亲，还是发扬了自私的性格，执着地不肯等春来，执着地选择在这个年终离去。

创建了这个家的人，抛下一家人走了。其实，即便是斗争最激烈的时候，我们也未想过父亲会离去。从未想过，我

们几个孩子，如此快便跨入没爹孩子的行列。

尽管，茫茫天地间，有庞大的同行者跟我一样，让"父亲"成为陌生的称谓。尽管，与静静 3 岁的女儿以及表妹 5 岁的孩子相比，我们已经十分幸运。

可是，我们依旧是需要父亲的孩子。

恐惧，慌乱，无助。

那天见到父亲时，他正躺在早我一步而去的妹妹怀里。我们都是没有吃完最后那餐晚饭赶过去的。父亲睡去一样，不言不语，平和，安详。

还剩了最后一口稀饭的碗，就在身边。

我是第一次如此近距离看到一个人到了另一个世界的样子。父亲的手温热，脸温热，肢体柔软。一切，都是熟睡的样子。

父亲爱睡。每次去看他，大多在睡。每一次，总是被我喊起。父亲自脑梗后，就爱睡，总是躺在床上不想起来。而我，总是一次又一次，把他唤醒，拉他下地。

父亲许是被我喊累了、唤烦了，再也不想起来。

父亲终于不再"为了我们"而活下去。

该做些什么呢？父亲，另一个世界，需要怎样的准备？

衣服，鞋子，被褥。感谢母亲，早已一件一件，准备齐全。可她那天比任何一天都慌张，一切都记不清放在哪里。

隔一阵，我们便要去摸摸父亲，叫叫父亲。总希望，他只是睡去；总觉得，他会突然醒来。

一个活人，就这么再没了声息？

手忙脚乱给父亲穿戴整齐，送父亲回他的村子。路上，父亲的身体一点点变得僵硬；父亲的温度，慢慢传递到另一个缥缈的世界。

一代一代，身边的亲人相继到了那个世界。那个世界，大得让人生畏。

聚集了众多亲人的那个世界，每个人最终都要去到的那个世界，却让活着的人无比畏惧。

相逢的人，终究还是忍受不了这个世界的不相见。

家中一盆花枯了，叶子落得只剩几片。多日抢救，依旧不见效。一点一点，走向死亡。

那个世界，不仅需要人，也需要花，需要狗，需要羊，需要像人间一样的万物。也因此，人间不断有死亡，不只是人。

死亡，亦是重生。

一切死亡，都是向那个世界输送生命。

那么，我的老乡朋友、我的表妹、静静，还有我的父亲，他们是获得了另一种新生？

然而，我的格局实在还是太小了，总是写着写着就要哭

故乡的秋夜

出来。我依旧无法接受他们远离了我的身边，无法接受与他们没有了明天。

父亲入棺木时，我又认真拉了他的手，抚摸了他的脸。冰冷。可是父亲的脸，与生前毫无异样。父亲没穿一件豪华衣裳。父亲被生前不舍得上身的崭新一层层紧紧裹在狭小的棺木里。

棺木是临时从县城买的，与父亲同时间回到村里。村里的匠人，用了四天时间，专注地装饰父亲的棺木。每一天，他都要工作到凌晨两点。一个下午，村里一位 88 岁的老者推门进来。他是父亲生前的好友。他放下拐杖坐在父亲的棺木前，边说"我来看看你"，边与匠人打着趣。匠人说你这么大年纪不好好在家待着跑出来做啥。他说感受一下啊，看看你以后对我的服务可不可靠到不到位。

匠人哈哈大笑，笑声回荡在狭小的房间里，环绕在父亲耳边。

父亲躺在自己的小屋里，听着他们风趣的言语。

有亲人进来，跪拜，以乡里的规矩大声哭泣。这些程序丝毫不影响匠人与父亲老友你来我往的打趣。匠人一秒都不会中断手里的工作，他一丝不苟，把保佑和祈愿绘成精致的图案与纹饰，温暖地包裹在父亲周围。他一边描绘，一边解读，父亲的老友终于停止打趣，连连点头称是。偶尔一个说法，让他抑制不住抓过手边的拐杖狠狠击地。

"好得很!"半下午后,他终于起身,给父亲留下三个字。

我却看着他的背影,模糊了双眼。

墓葬,是两年前砌好的。砌好的墓葬在两年以后,等来了父亲。

父亲用近十年的不懈,催促我们终于在两年前砌好这个墓葬。

生前,父亲没有看到自己的墓葬,那时候他已经有病在身。可是一个阳光柔和的午后,病中的父亲起身,听母亲详细描述了墓葬的情形。父亲一边听一边笑。

父亲踏实的笑,是对终于有了墓葬的宽心,还是对另一个世界有了向往?

无奈竟会转变为向往,就像小孩子盼着长大恋爱,恋爱盼着有孩子,之后盼着孩子长大结婚生子。最后,便不得不消除曾经的恐惧,坦然笑对另一个世界。

多么恐怖的妥协,多么悲壮的演变。

父亲的棺木下葬前,村人说,下去看看吧,好好拾掇拾掇里面。

与上一次与母亲下来验收墓葬不同,好奇的心已经变成阴天。上次母亲玩笑地对待的这个空间,成了父亲的永久

故乡的秋夜

居所。

空空的墓葬里，父亲成了全部。

盛大的告别仪式之后，墓门封锁。一座坟头，切断了父亲回家的路。

父亲，成了黄土之下的人。大地，天空，庄稼，与他再没了关系。

陪伴他的，只有旷野的风。

旷野的风，吹向一位静默的老人。

让人难以安心。

离开他回城，如同把一个孩子抛在路途中。

连续醒来的夜里，总是腮边挂满泪，总是听到凄厉的风声，总是想着：父亲是不是一边走在寻找爷爷奶奶的路上，一边孤独地思念着人间的亲人？

没有了父亲的日子，常常与母亲一起，坐在沙发里历数生命中那些离去的人，那一场一场盛大的告别。我与母亲彼此知道，这是另一种对内心的安慰，是对父亲的逐渐遗忘。我们彼此用活生生的事例提醒对方，死亡与出生一样，都是平常的事。只是谁也预料不到，一路同行的人，不知道哪双脚步突然就终止在哪条路途。

春风又绿。"凝视着此刻烂漫的春天，依然像那时温暖的模样，我剪去长发留起了胡须，曾经的苦痛都随风而去。可我感觉却是那么悲伤，岁月留给我更深的迷惘，在这阳光明媚的春天里，我的眼泪忍不住地流淌。也许有一天我老无所依，请把我留在，在那时光里。如果有一天我悄然离去，请把我埋在，在这春天里……"

我搁下笔。任苍凉悲怆的旋律，响彻我心，在这春天里……

本文首发原载《海外文摘》2018 年第 11 期，后收入百花洲文艺出版社的《2018 年中国散文排行榜》、北京工业大学出版社的《2018 中国散文排行榜》。

犹记兴家机杼声

作家导读：

当年山西人一批批"走西口"，无非是为了讨生存。康秉文却是带着"口袋匠"这门手艺去到内蒙，从此的不易与辛酸，就蕴含在草原上的机杼声声中。

山西走西口到内蒙古的人群当中，有一批携着精湛手艺的群体。与那些单纯讨生活的人不同，他们不仅凭着一技之长很快在那片陌生大地上扎了根，也将技艺传播给辽阔的草原。

生活在内蒙古准格尔地区的康秉文，祖上从山西保德过来七八代了。作为曾辉煌一时的口袋匠后人，他的祖上最初却并非带着手艺离开山西。爷爷之前的家族，他只知道很贫穷，据说最早几代是货郎担，以至生计都难维持。

一切是到他爷爷这里扭转的。

他的爷爷康拉柱并没有康家血缘，是 8 岁那年父亲去世后跟着改嫁的母亲来到康家的，从此姓了康。或许由于不是亲生父亲，更多的也是因为家境太不好，康拉柱 13 岁那年便跟着乡邻去了"一年一场风，从春刮到冬"的固阳地区谋生。

少年出门的艰辛可想而知。当娘的在家揪着心，一盼就是十几年。康拉柱再出现在娘面前，已经快 30 岁了。彼时他完全不是离家时那个稚嫩少年，他成了一个成熟男人，只是依然孤身一人。康拉柱并非衣锦还乡，却也不是两手空空。跟着他回来的，有纤子、打纬刀及纺车等全套纺线工具，还有几条羊毛口袋。

娘才知道，离家十几年，儿子把自己打磨成一名口袋匠。

老了许多的娘悲喜交加。她更知道，儿子的成就与心酸，全在背回的这些行头里。

固阳的冬天可以把牲畜冻死，也自然生出许多与牛羊毛相关的行当与手艺，比如毡匠、比如口袋匠等。离家后的少年康拉柱跟着乡邻寻寻觅觅，历经艰难与哀求，投身在一位口袋匠门下。

那时候，收粮食、存粮食、外出运输，都离不开一条结实宽大的毛织口袋。康拉柱正是看准这一点，以独特的眼光锁定这一行。

清道光二年夏天，一位叫叶礼的人漫游西北考察民俗风土，写下《甘肃竹枝词》，其中就有这样的诗句："男捻羊毛女耕田，邀同姊妹手相牵。高声歌唱花儿曲，个个新花美少年。"

看来，男子捻羊毛，是那个年代男人们的一项重要工作与技艺。只是不知道固阳的土地上，捻羊毛的美少年们高声唱的是长调民歌，还是漫瀚调。

离家的岁月长度胜过在家的 13 年。母亲拉着有些陌生的儿子，细细端详，慢慢询问。

学习口袋匠的手艺，自然用不了十几年。康拉柱最初离开家的几年，只是无目的地跟着乡人流浪，找点零工混口饭吃。之后终于找到并认准口袋匠，却不是一厢情愿就能实现的事：要先让师傅感觉手脚灵活、嘴甜人憨、能吃得苦、可受得委屈，才能过了第一关，被师傅留下来从挑水拾柴打扫喂马开始。这也是一个漫长的过程，聪慧的人会瞅准每一次给师兄们打下手的机会，偷得零星门道，为今后打基础。这样熬过几年后，言行举止终于入了师傅的眼，同意成为徒儿之一。

吱吱呀呀的老纺车、堆成小山一样的牛羊毛、刻着时光印痕的老织机、师傅、徒弟，夹杂着吆喝与责骂。康拉柱喜出望外，进入这样的生活。

　　与每位徒弟一样，康拉柱要一道道关入门、一次次考核通过。当然，最初他只能用一些边角料练手。浪费羊毛就是跟银子过不去，师傅不会轻易让徒弟冒险，也不会轻饶出了废品的徒弟。

　　能不能尽早上手，得看个人的聪慧程度。

　　眼里看，手里练。没有实物，哪怕空比画。快出徒的师兄，也是康拉柱这些小徒弟巴结讨好的对象。帮着洗衣、铺床、盛饭，目的只有一个，早日取到真经。

　　口袋匠自然要先从选牛羊毛开始，据说最好的毛是牦牛腹部的毛，柔软而坚韧。牛毛制成的口袋因为牢固且透气，用其贮存的粮食不会受潮发霉，还可以防止老鼠虫子叮咬。不管牛毛还是羊毛，一条口袋，都要经历三个过程，那就是弹毛、纺线、织布。

　　第一道工序弹毛，需要两人进行。每人持一根木棍，将铺在地上的牛羊毛用合适的力度弹打，一定程度后再将木棍换为牛皮弓线的工具再次弹打。这样毛就变得越来越蓬松。然后，一团一团卷好，待纺。

　　摇着老纺车，轻稔毛线，之前一团一团的毛卷，一点点

神奇地化身为线。

徒弟们眼里，那是仙人一般惊艳的画面。

之后，一根根线便要布上古老的织机。拧架子，剁刀，滑档子，棕架子，棕板，棕梁，棕棍……之后便是分开经纱，形成面经和底经，任口袋匠手中的纡子灵巧进出，眼花缭乱地穿越。跟着就是剁刀打纬。周而复始之后，一条一条由牛羊毛织成的布便展现在眼前。

一片一片的毛布裁剪之后，缝制为一条一条大大小小的口袋，搭在肩头、驮上马背、装满粮食放在家里，都是生活饱满的象征。

一天一天，一月一月，康拉柱从笨拙到灵巧，全流程拿下这些技艺，成为师弟们眼里无比神奇的口袋匠。

归来的康拉柱环视阔别十几年的家乡长滩，知道他的用武之地到了。曾经的小镇已经发展得繁华热闹，似乎只等他这个口袋匠归来补白。

选址，选料，招兵买马，康拉柱的口袋坊进行得顺风顺水。张罗口袋坊期间，他还一直寻思一件大事，那就是给即将而立之年的自己讨个老婆。他明白，如果等到一个铜板一个铜板攒够再成家，又是漫长的几年。

或许是艺高人大胆，康拉柱从来来往往的人群里发现了一个姑娘，经过了解之后，做出一个重大而大胆的决定。

选择了一个好日子，他提着礼物走进姑娘家。面对她的父亲，康拉柱恳切地说，希望用 40 块大洋，赊下他的女儿做新娘。

把女儿赊出去？姑娘的父亲惊住了。这是闻所未闻的事，也是让他措手不及的事。

凭什么？他脱口相问。

康拉柱献上漂亮的羊毛口袋，也献出他的规划。他选中的上好牛毛，已经奔赴他而来；他的纺车，已经在崭新的口袋铺待命；他的织机，也已经迫不及待。更重要的，是他十几年积攒出的一身好武艺，正跃跃欲试，要在家乡这片土地上发力。

康拉柱还说到眼下的长滩小镇，说到未来的大好前景……小伙说得带劲，中年男人听得用心。康拉柱说完了，男人心动了。或许是他觉得小伙子很优秀，或许他早已注意过长滩小镇冒出一个显眼的口袋坊，或许是他觉得在一个后生晚辈面前犹犹豫豫很难堪，总之他也迅速做出答复：好！

羞答答的姑娘，悄悄在门后笑了。

迎娶，过门。家就有了。

有了家，人就踏实了。

康拉柱一门心思扑在事业上，口袋坊也因了家的滋润而一帆风顺。想学口袋手艺的年轻人毕恭毕敬涌进他的作坊，像他当初在固阳找师傅一样。康拉柱一边亲自编织，一边把

多年积淀的精深技艺传给有缘人。果然，康家口袋坊第一批口袋出来就不同凡响。他干脆把牧民的羊提前预订下来，把毛与绒分开。用牛羊毛做成的口袋，运到呼市去销售；羊绒同时被他放在呼市的大盛魁店。掌柜诚信，会为他着想，等每年绒价涨起来后，替他出售。牛羊毛与羊绒最终换得银票，回来再拿到河曲县山西乔家票号兑成银钱。

康秉文记得，爷爷康拉柱开的口袋坊叫福盛公。福盛公当年便是长滩的口袋大坊，整条街大小口袋匠都是康家的徒弟，有几十个。康家也经营一些土地，有三四位农民专门耕种，为的是供养家人及众员工一日三餐。每到饭时，几十号人浩浩荡荡坊内坊外排开，甚是辉煌。

那时候的福盛公内，必是"高声歌唱花儿曲，个个新花美少年"。

他的岳父，看在眼里，喜在心上。

那时候的交通，往返呼市一趟并非易事。于是康拉柱还在家里辟出店铺，专门经营日用品。有些口袋不能换成银子，便换了生活必需品回来，放在铺子里出售。不仅如此，家里还开了磨坊。多管齐下的经营模式在长滩街头也较为独特。十几年的漂泊恍若隔世。当年13岁饿着肚子被迫出走的少年，凭着吃苦凭着耐劳终于成就了自己的一番事业，成为十里长滩上响当当的人物。了解他的人都把他作为孩子们的榜样，年轻人也以跟着康拉柱学手艺为荣。

康拉柱用一双手，织出一个家族兴旺的大蓝图。康秉文从小就生活在前院是商铺、后院是生活区的康家大院内。

爷爷，自然是当地叱咤风云的英雄。

十里长滩上，也满街飘满康家味道的羊毛香。

随着时代的发展，羊毛口袋与席子、麻绳一样慢慢淘汰了，但曾经缔造过一个辉煌老字号的康拉柱，却与口袋匠这门手艺永久铭刻在中国传统技艺的历史上。

本文首发《人民日报》2019 年 3 月 27 日《大地》副刊，后收入人民日报出版社的《人民日报 2019 年散文精选》。

故乡的秋夜

河那边的战友

作家导读:

　　一个 85 岁且毫无听力的老人，却执着地重新穿起军装，穿过城市那条大河，走过熙熙攘攘的车流与人流，要去寻觅 60 多年前同在上甘岭战役中并肩作战过的一名女战友。

2019 年春日的一天，阳光很好，微风很柔。

老兵刘兴华洗漱毕、早饭毕，习惯性地站在 32 层窗前，比平时更大声地高唱："一条大河波浪宽，风吹稻花香两岸……"

窗外的大河，不是滚滚的长江，而是静静的汾河；河两岸迎风而动香气散溢的，并非稻花，而是含苞待放的迎春与桃花。于刘兴华而言，有这条河，就够了。只有面对一条大河，一股豪气才会在他心底不灭。只要"一条大河"声一出，青春的力量、脚下的热土，便要交替滚烫翻腾在他的心房。

几十年间，生命中过客来来去去，唯有一种苦涩的幸福，血性的青春潜藏内心，荡气回肠，犹如大河浩荡。

这套临河的新居，是他卖掉以前的老房子，于两年前如愿换过来的。

那一天，他穿起军装，戴好军帽，别齐军功章，临窗而坐。

"一条大河……"只是没想到，浩荡地唱了多少年的一首歌，一开口却被一股热流硬生生堵回喉咙里。

走过人生八十余年，刘兴华终于住到一条大河旁。守护着这条河，就是守护着不老的青春、不死的激情、不灭的火焰。

窗下静水深流，如他看上去波澜不惊的一颗心。

这个春日上午，他要出去寻一个人。

"长江长江——"

"我是黄河——"

"向我开炮——"

想象不出，眼前这位慈眉善目的老人，就是当年在阵地手举发报机凛然向指挥部发出请求的小战士。彼时，他年仅

18 岁；彼时，他突然发现阵地下方二三百米处，正有一个营的敌人匍匐着涌上来。

没错，当年，刘兴华是上甘岭战役中一名发报员。两年前，他以初中三年级学生身份软缠硬磨到参军的机会，四个月后，又以出色的业务能力被选中紧急奔赴一线。身高体重都不达标的他带着稚气的威严，率领一个小分队，包括他在内共 21 名发报员，背着 21 部小电台雄赳赳气昂昂跨过鸭绿江，跋山涉水上到陌生的战场。

亲历才知残酷。他眼睁睁看着，只一两天，战壕内 100 多人的连队便剩下十几个。于是，又一个连队补充上来，再配一名报话员。

他说，看不到恐惧，看不到退却；一双双年轻的眼眸里，只有火，只有钢，只有剑。

那场战争中，牺牲了 12 名报话员，最初通过封锁线时倒下 3 名，战争过程中中弹 5 名，还有 4 名因缺水喉咙发炎溃烂而死。

他不动声色地讲述，声音里却透着不声不响的疼痛。

今天，刘兴华完全没了听力。他说，当年在战场上每秒会投下六枚炸弹。再好的耳朵，也经不住啊。

"人民功臣"、功勋报话员刘兴华，到了孤独而无声的暮年。曾经的战友早已天各一方，今天更是陆续离开这个世界。

可那些青春而英勇的面庞，总是要在他面前摇摇晃晃。他们在猛烈的炮火中爬到高处修复炸毁的天线，他们趴在战壕内嘶哑地发报，他们不幸中弹倒下……

上天赐予的吧。这一年，他在《山西志愿军老同志回忆录》中惊喜地看到一篇文章：《一名志愿军女译电员的回忆》。天哪，单单这个题目就让他惊喜万分，感慨万千。如果说"志愿军"三个字让他像看到老乡一样，"译电员"就如同逢到失散多年的亲人。泪水模糊中，读完那些熟悉的文字，仰天长叹。

擦去泪痕，惊喜涌上。从文章最后的文字里他知道，这位女译电员 1954 年转业到中国人民银行山西分行，就在太原中心支行工作直到退休。

这位大他一岁的战友叫吴品，广东人，多年来竟与他同城。

遗憾，懊恼。继而生发出一股力量。今天的她，可还好好地生活在这座城市中？

理理心绪，他决定，去找她。

"当年近在咫尺却不相识的女战友啊，你是什么模样？"刘兴华有些迫不及待。

出门，乘车，跨过窗外那条大河。一路按事先查好的路线，到了迎泽大街上的中国人民银行。

这样盛装的一名老军人，却完全没有听力。门卫担心有问题，不让进。刘兴华拿出证件，对方才明白眼前这位说话铿锵有力的老人着实是一位老兵，于是把他送到老干处。

处长一听来意，马上联系。让刘兴华开心的是，战友吴品还生活在这座城市，只是老年痴呆了。

拿着详细地址，刘兴华兴冲冲离开银行。

街上车水马龙。他知道身边人声鼎沸，他知道有汽车喇叭不断轰鸣，他的世界依旧一片宁静。然而他明白即将到达的地方，炮声隆隆。

在桥东街人民银行宿舍，刘兴华用颤抖的手敲开吴品家的门。

战友吴品，连敲门声都不理会了。他远远看到，一位瘦小的老人坐在沙发上，双目无神，无视来人。

刘兴华按捺住心中的激动，缓缓走到她身边，立正，向曾经在同一座山头的战友敬下一个神圣的军礼。

就在这一瞬，沙发上的老人转向他，一双眼睛透出神采，且马上举起右手，还以一个并不标准的军礼。

一旁的儿子已经足够兴奋，握着刘兴华的手连声感谢：我妈被唤醒了！她回到战场了！

那一刻，年迈而痴呆的老人定是回到在血肉横飞中穿行的少女时代。上甘岭战役时，她是一名 19 岁的译电员。她忘不了第四十五师师长崔建功振臂一挥："打剩一个营我当营长，剩一个连我当连长，决不让阵地丢半分！"也记得营部通讯员黄继光用受伤的胸腔堵住迎面而来的子弹，还记得为了大局不吭一声被活活烧死的伟大战友邱少云。

> 姑娘好像花儿一样
> 小伙儿心胸多宽广
> 为了开辟新天地
> 唤醒了沉睡的高山
> 让那河流改变了模样
> ……

战友啊，当年，你是否就在战壕那一方？或许，你是否，在隆隆炮声中听到过我嘶哑大喊"我是长江"？

然而她不能说，他也不能听。他只好，压制着心头涌动的激流，一桩一件给吴品回放上甘岭的往事。她的回忆文章里，这段故事很简单。刘兴华便执着地以为她当年忙于译电没能亲见。

他要给她补上，不间断自顾自说了二十多分钟。吴品一直很安静，刘兴华听不到她喉咙里发出哪怕轻轻一声应允，但他能看到，她在听，很认真。他的眼睛不敢有任何移动，

就怕看不到她哪怕一个微小的反应。

刘兴华并不遗憾自己一个人的演出，尽管，他很想这个在青春年代并肩作战的战友能开个口，哪怕，他听不到。

刘兴华弯腰，将胸前"中国人民志愿军"几个字贴在她眼前。

靠在沙发上的老人，移起身子，竟坐直了。她眼里闪出的那丝亮，刘兴华清晰地捕捉到了。

几乎都是无声世界的两个老人，那一瞬间，脑海里一定是烽烟滚滚，一定是热血沸腾，也一定是生死相依。

嘀嗒嘀——嗒嘀嗒——

"我是长江——我是长江——"

67年前，异国山中，他不是少男，他也不是少女。

他们，是战士！

67年后，战士刘兴华伸出手；战士吴品，颤巍巍张开右手。

两双手，紧紧，久久，相握。

"一条大河波浪宽，风吹稻花香两岸——"豪迈而激荡地，刘兴华在战友身边，响亮地唱响这首歌。

本文首发《解放军报》2019年6月26日《长征》副刊，后获"第八届长征文艺奖"报告文学奖。

年轻的眼神

作家导读:

　　当她紧紧握着我的手,震撼问出"他们都死了,我怎么还活着"这句话时,我就知道她的生命中有一张张挥之不去的面孔和诸多无法散去的眼神。

"快进来!"

她似乎早早就等在那里,一张脸贴在玻璃窗上,笑着喊。

跟着阳光,入室。"腿疼,下不了地,快过来!"她围在一床干净的粉色花被里,像久违的邻家奶奶见到小字辈。她的精神很好,嗓音很洪亮,肤色是因少见太阳而形成的白。笑脸却比室外的阳光更具暖意。

到床前，她主动拉过我的手。

她的手，柔柔软软的，却有一股特别的力量，无声却强烈散发着与人交流的欲望。

她叫王桃儿，时年90岁，肤白，发白，大大的耳垂。没有任何痕迹看得出她是一名老兵。

"他们都死了，我怎么还活着？"一开口，心中的烽火便奔腾而来。

王桃儿14岁开始，就和他们在一起。那是1939年，她瞒着父亲与奶奶，跟着抗日军政大学一位18岁的姐姐进入八路军129师野战医院。从此走进伤痕与疼痛，朝夕与他们在一起。他们，是她护理的伤员，有国民党伤兵，甚至日本伤兵，当然更多的是八路军战士。

"好疼呀，没有麻药，没有工具，就拿树枝刮伤口。"王桃儿嘴里咝咝地吸着气，将挣扎呻吟与疼痛的画面赤裸裸甩进我的脑子，久久挥不去。

土地都是红的，一大片一大片的，还有河水。她的眼神幽暗下来，移向窗外。

"天天夜里两点开始埋人。"

野战医院这些少女们，还承担着这项重任。

深夜，百姓入睡，不必担心他们看到那些频繁逝去的生命。百姓眼里，扛枪的战士就是金刚。金刚，怎可轻易消亡？

看不到太多死伤，年轻的男孩子才敢走进抗日队伍，才肯接过那些残留着前主人余温的枪。

一个个山坡上、深沟里，埋藏着王桃儿长长久久的记忆，"没有一口棺材，外面竖一块砖，写上名字"。

一条一条生命尘埃般悄然入土，换作一块沉默的砖。一块砖，便是一名战士"奢侈"的墓碑。

起初，她还长久地在这样的墓碑旁伫立。埋着埋着就麻木了，一块块砖只是一块块砖，如尘埃般轻微缥缈。

许多年后她在村庄面对众人合力抬着的一口华丽棺材，以及后面一群披麻戴孝哭声凄凉的晚辈，由不得想一个个拉回那些人——可不可以，重新死一回？

王桃儿就在殷红与疼痛中成长。面对大大小小的伤口，一双稚嫩的手终于不再颤抖。受伤的战士比她大不了几岁，每一次处理完伤口，她都要细细地将一张张被血污覆盖的脸洗出青春、洗出原有的清澈。

聊天过程中，王桃儿的右腿一直很厉害地抖动着。帮她盖好被子，压住腿。她叹：老得一身毛病，却活得好好的。

好好的王桃儿以 90 岁高龄，历数曾经一个个离她而去的战友，酸涩地回望早已沉淀的血雨腥风。

"我们的兵都是好样的！都是！"当兵时的生命历程里那些受伤的战士，都存在她心里。

有一个入伍时间不长的襄垣籍年轻士兵，拖着被打烂的腿来到野战医院。

"我就用小树枝给他一片片往下刮那些烂肉，他疼得大声号叫，却不骂我一句。"王桃儿直拍腿，"好伤心呀！"

这名邻县小战士，在王桃儿替他清洗干净后露出疲惫却英俊的笑容。

"你姓什么？"他轻轻问。

"王。"

此后，她就变成他嘴里的"老王"，天天喊。

由于药品不到位，襄垣小战士常常昏迷不醒。一旦醒来，总是先努力给她一个浅浅的笑。

"疼吧？"有空时，她就轻轻走近问一句。

"不疼。"每一次，他总这样回答。

王桃儿知道他咬着牙。他说不疼，她就疼了，就一遍遍在创伤中磨炼自己。那些打进战士们身体里的子弹，她一下就能给拔出来。

清醒的时候，小战士就给王桃儿讲他的事，讲他的战友，讲他的家，讲他受伤的故事。

"老王，可吓人呢。"

王桃儿何尝不知，就是她这样的护理人员，子弹也几次差点打穿她的脚腕。

"不过我们会赢的。"小战士眼里放着光，认真看着她，"好好活着。"

好好活着，胜利后的日子就没有流血、没有伤员了吧。

可是，说着说着，伤员就来了。

一个下午，王桃儿正准备接新伤员时，却听到再一次醒来的小战士在身后喊："老王——"

"你醒了！"王桃儿很开心，扭身告诉他，"等我一会儿——"

院中又是一批新伤员。王桃儿进入程序：清理，擦洗，上药……战士们伤痕累累，却变得眉清目秀。她笑了，倒了一杯水进屋。

让她万万没想到的是，受伤的襄垣战士却再也喊不出一声"老王"，他已永远沉睡过去。

那天夜里，他成了王桃儿埋葬的唯一一名战士。

此后多少年她都不敢想，回忆却要一遍遍蹦出来。最后的画面，就是听到喊声扭身的一瞬看到的那双眼睛："真真的！活灵灵的呀！"

"不知道他喊了几声，也不知道喊我做啥。"是疼了想换药，还是知道自己的生命即将走到终点，想向她这个唯一的好友倾诉？

这个问题成了始终无法印证的遗憾。

故乡的秋夜

　　那个夜里，她第一次有了恐惧感，也第一次感到钻心钻肺的疼。一转身，就觉得身后有一个声音在喊她，一遍一遍；直到再也喊不出声，只剩了眼神，在绝望中挣扎，幽怨地闭上。

　　王桃儿很善谈，此时却陷入沉默，让这个下午的房间出现了唯一一次无声。

　　胜利的日子很快来了。"他没有看到，"王桃儿说，"他们都没有看到。"

　　王桃儿八十多岁之后的一天，请求子女特意带她回到曾经的野战医院，触摸旧时的印痕，一一告诉从前的人，她好好地活在胜利的日子中。

　　儿女们都下地去了。偌大的院子里，一只鸡也没有，只有微风吹动树叶的哗哗声。

　　该走了。我轻轻将手从她始终紧攥的手中往外抽，然而她却用胜过一筹的力量将我留住。

　　"好好活着。他，是想告诉我这个吧?"她突然这样说，"他说过，相信我们会赢。"

　　风又吹来，树叶哗啦啦点头。

　　本文首发《解放军报》2019年8月28日《长征》副刊，后被选用于"2019—2020年北京市东城区七年级（下）期末语文试卷"等多家初中试卷。

大地之上，天空之下

作家导读：

　　谁都希望，每个清晨都能窗外阳光灿烂，家人笑脸相迎。然而天气总有风雨，人间总有病痛。那年七夕，我才真正体会到，大地之上，天空之下的我们，是多么渺小无助。

一

　　那一天，因为微信满屏表白，才知道是七夕。

　　早晨听到喜鹊叫，感觉是多年来头一次，在山医大二院

1 号住院大楼前。发出朋友圈，大家立即将这叫声与七夕联系起来。于我而言，却觉得是与母亲有关的喜讯。

母亲在四楼病房。她一定已经做好所有的准备。母亲没有经历过手术，但一定以她特有的利落与聪慧，准备好所有，包括心理。就如前一天为她备皮的护士忍不住夸奖：这奶奶真干净利索。

果然，母亲干干净净、安安静静坐在病床上，连假牙都取掉了。那一刻突然发现母亲像极了姥姥。记忆中姥姥就没有牙齿，两腮深吸，下颌也深吸，因此记忆中姥姥就是一位老人。此刻的母亲也是这样。与姥姥不同的是，母亲并未身着姥姥永远不变的斜襟黑衣且腿腕缠了裹带头上包了围巾；母亲的牙齿也没有全脱落，说话中还能看到几颗若隐若现。

因取掉假牙看上去迅速老了十岁的母亲，表现得很平静，告诉我降压药也吃过了。她关掉手机，放进包里，想想又拿出来，打开看看，再关掉。母亲的内心，一定翻江倒海，一定想问许多，一定想知道更多。就如之前有一天她突然问我治疗中为什么会脱发，是不是不好的病。尽管我已经给母亲交代得足够清楚，就是药物的副作用，可母亲依然将信将疑。母亲的不相信，表现得也足够平静。

此刻，我们也期待母亲多问一些，我们便可就此详细安抚她一些。可到了这个节骨眼上，母亲就是不问，偏偏就要表现得如此平静。

我们便也只当没事人一样，只任即将到来的大手术在各自的内心深处翻搅。有时候突然就搅痛了谁，出现长久沉默。

这个早晨的病房，空气尴尬地流动着。

右侧病床上的女士以一贯的姿势坐着，默默流泪。管床医生进来：怎么又哭？这样能有利于恢复吗？

陪侍的人替她答：她一疼，就要叹自己得了这样的病。

准备离开的医生转身：如果哭有用，我替你哭都行。

瞬间被他这句话打动。扭头细看，侧面，一个年轻的医生，语重心长的声音却如此入心。我何尝不是这样在心里疼着母亲。可惜，病床上没有如果。

母亲的配合不是为了她自己，而是为了不给我们增添更多麻烦。母亲的不情愿、母亲的不能忍受、母亲的疼与痛，都会放在心里。

二

手术室接病人的医生下来了，告诉母亲上个厕所，回来躺上手术床，脱掉身上所有的衣物。

母亲怔了一下，听清是让她脱掉所有衣物。她迟疑了一下，便听话地躺进被子里，一件一件，慢慢脱掉身上所有，

在被子里叠整齐，递出来。我知道，74岁的母亲是第一次以这样的方式面对外人，甚至她的孩子们。母亲的内心一定非常羞涩非常尴尬，但行动与表情没有表现出一丝反抗。

赤条条的母亲躺在被子里，眼睛在我们身上移动，全是无助。我的泪水止不住就滑下来。不敢让她看到，躲得远远的。想叮嘱的几句话，也不能说。

前一天大夫跟我们的谈话汹涌地跳出来：哪一条万分之一的概率发生，对你们而言就是百分之一百。

他平静的叙述，把我们的心刺出血。

出来后，弟弟眼角挂着泪问我和妹妹：我们，还要不要继续这个手术？成年后，我第一次见他流泪。

远远望一眼被推至走廊的母亲，看不到她的脸。接床医生突然说，还有两张表病历中没有，需要找大夫要。我趁机留下来，目送母亲被弟弟妹妹推进电梯。

扭身，面对一堵墙，让自己内心的汹涌肆无忌惮地暴发。身边人来人往，有人匆匆而过，有人发现了我的失态。然而没有人因此停一停，更没有人从内心难过一下。即便是与我有同样处境的人，也不会设身处地了解我此刻内心的悲凉与绝望。是的，我的疼痛，只是我自己的。我的母亲只是我的母亲，与别人无关。每个走进医院的人都在心里疼着一个人，那个人是他的亲人，他依然无法随时体验别人的痛。

我们做主，把母亲赤裸裸交给一个未知数。而过程中可能存在的风险，手术后可能产生的后遗症，母亲全然不知。她只以为，手术之后，会恢复从前。

　　我的母亲，昨天还与我笑谈的母亲，会不会安然无恙，顺利渡过麻醉关、手术关，以及更长的康复期？我的母亲，再次出现在我面前时，是什么模样？我的母亲，如果之后发现并非一次手术就能变回从前，心情会坏到什么程度？

　　父亲很早就参加了工作，母亲从 19 岁嫁与父亲起便独自承担起家中男人与女人的全部责任。地头那种劳作，不细说也能想象得到。别人家男人下地女人做饭照看孩子，农忙时节都累到不行，母亲却需要一个人兼顾这些。好不容易我们长大了、成家了，她又要照看孙儿，甚至外孙。再后来又侍候卧床的奶奶，之后便侍候生病无法自理的父亲。两年前送走父亲后，觉得母亲终于可以不用受累侍候人了。

　　谁知道，她却病了。

三

　　手术室外，并不安静。大多数人在聊天，很大声。所以，周围的声音越来越大。当然，其间有如我一样，沉默地等待手术室门开的人。有朋友不断发来信息：七夕快乐。

我静静一颗心，流泪回复：快乐。

有得知母亲手术的几位好友发来问候与安慰的信息，我没有立即回复。因为一回复，她们的温暖就会穿透我心。我那个时间的情绪脆弱到一触即发，经不住任何轻轻一碰。我坐在手术室外最后的角落里，想象着门里的母亲。母亲第一次经历这样大的事情，此刻会想些什么？她一定会祈祷自己平安，又要凭借自己有限的想象紧张地关注随之而来的手术情形，一定还会心疼又让我们花很多的费用。

陌生的手术室、陌生的医护人员、陌生的明天，洁白、冰冷，包围着母亲。

此刻医生会跟她交代什么？听力很差又不会说普通话还不能顺畅听懂普通话的母亲，是不是极度惊恐？

最好的朋友还是不听话地跑来了，如她所说要陪在我身边。见她的一瞬，眼泪再次夺眶而出。她抱着我，含泪听我诉说内心的惶恐，再一起聊无常的人生。

远处的电梯外，永远密集挤站着要上下楼的人群，总是连过往的通道都不会留出。每个人都是极度焦虑的眼神。偌大的住院楼里，密密住着数不过来的病人。

每一个病人，都牵动着好多颗心。

手术室外，始终站着一些人。门一打开，便蜂拥而上，看看是不是自家的亲人；从里面出来的亲人，是不是安宁。

记得上一次母亲在 CT 室检查时，一个年轻的女子蹲在检查室外默默擦泪。她身边的小儿两岁左右，大多数时候看不到妈妈的伤悲，偶尔抬头看到，也只是用小手轻轻替妈妈拭一下泪。他幼小的内心，无法了解妈妈的伤悲，瞬间便跑远，进入他的世界。年轻妈妈忙乱地照看着孩子，又担心着检查室内的亲人。里面，一定是她的母亲，或者父亲。

周围人声嘈杂，大多数人在关注着自家排号的位置是不是被人挤占，偶尔还要与出来收号但是态度不好的医生争吵几句，根本无法顾及周围是不是有人心痛。

时间一分分过去。希望手术早些结束，但又怕极了中途有医生出来叫着母亲的名字喊家属。那扇门开一次，心便跟着跳一次。

终于，在没有准备的时间，听到母亲的名字。

急切却忐忑地冲过去，听到最欣慰的一句：下去把床推上来，准备接病人。一颗心放稳了些，再想要听些什么，对方不再说，门把他的背影关在里面。那一刻，那个几近完美的背影深深印在记忆中。

看表，12 点整，手术时间仅仅过去三个小时，比预估的五六个小时提前了很多。医生什么也没说，便是手术结束了；手术提前结束，便是很顺利了。

谢天，谢地，谢所有。

在陆续推出几个术后病人之后，终于迎出母亲。我们冲上去。跟随的医生拍拍母亲：醒醒。母亲睁开眼，很快又疲倦地合上。我们喊：妈。她嗯一声答应。

泪又涌出。我们的母亲，安然出来了。她还是好好的母亲。

从六楼的手术室到五楼的重症监护室，一路来不及细看母亲。有一瞬被挤在侧面，让我看到因手术摘去头巾的母亲后脑勺头发几乎脱净，那是之前药物治疗的副作用。

那一刻的母亲在我眼里又陌生起来。

无限悲凉。

四

我们被挡在重症监护室外。

接下来，是未知的几天。我们无法看到母亲。

才后悔，术前只顾装淡定，忘记交代母亲一些关键事情。比如该告诉她术后有可能在重症监护室待几天，那是没有亲人在身边的日子，那是需要她独自面对疼痛独自与医护人员交流的日子。

回望监护室门外，才发现这里变成集体大旅店。门外本供家属休息的一排排座椅被家属们这家一个那家一排占用，与座椅并排的是一张张类型各异的简易床。有的家属一家竟达七八口人，除了人当然还有吃穿用各类生活用品。一方天地，成了一家人的一片天空。一天一天，他们在这方空间里吃饭、睡觉、等待亲人。

日子风平浪静，内心却燃烧着满满的焦虑与不安稳。

每天早晨，一个年轻女孩总要在固定的时间走到前方那扇玻璃门前，脸上敷一片面膜。一天正敷着，突然一个声音传来：23床家属！她急慌慌扯下面膜迎过去。声音是从重症室的窗口传来的。所有的家属其实随时都竖着耳朵，因为那扇窗口是联系监护室内亲人的唯一窗口。时间久了，家属之间都互相知道谁家是几号。住得离监护室远些的，也就会放心一些，因为近处的总会扯开更高的嗓门替医生传递：××号，喊你家呢！

除了偶尔一些病情的交谈，大多数时间家属们是坐着发呆，躺在床上轮流休息。监护室的门大部分时间严严实实，保持着看不到的神秘与安宁。

被叫过去的人，听到好消息，或者坏消息。

一个早晨妹妹告诉我，一个重症患者没了气息，被推出那扇门。她大致给我描绘了一下那种肃穆的场景。两天后在住院部大门口，妹妹推推我：那天推出的就是这个样子。

顺着她手指看去，手推车上一个物体被漂亮夺目的金色

绸布包裹着。如果不是妹妹之前说过那天从重症监护室这样推出一位患者的尸体，我不会想到那是一口棺材。那金色让我隐约忆起爷爷去世时穿的长袍，就是这样富丽的色泽，那是父亲从城里买回的。上面一些图案，都是祥和的，却是沉重的。几位家属跟着，没有哭声。不知道被金色包裹着到了另一个世界的这一位，在重症监护室待了多少天。只知道此刻出了这扇门，就是出了一个世界。

监护室外的一角，居住着一位老者和一位年轻人。老者至少75岁，儿子有些年轻。他们选择了幽暗的角落摆下一应生活用具。一张简易床极窄小。老人身高体胖，睡在上面总觉得拥挤不舒坦。

大多数时间，老人坐在床边一张小凳子上，一句话不说，静静看着眼前流动的人。到了吃饭时间，他接过儿子买来的一碗面，或一份米饭，坐在角落里安静吃完。有时候，他用脚边的榨汁机做一些汤食，自己喝，也送进重症监护室给躺着的亲人。

我想象着，里面一定是他的老伴，与他一路风雨兼程走到今天的老伴，当年被他爱着疼着的那位大姑娘。可是走着走着，老伴就走不动了，直到躺在他们的床上，直到来到这个地方，直到连病房都下不去。

一次探视时间过后，我看到老人从监护室出来。旁边有人问：怎样？他搓着手笑笑：还那样。

以后无数次，我的目光不由自主投在这位老人身上。他和儿子几乎没有交流，各自躺着、坐着、等着。一天，他正疲惫地睡去，窗口呼唤谁家的声音把他突然惊醒，起身一脸惊愕，四下张望。

不知道他的老伴在里面躺了多长时间，不知道他还要这样等待多少天。

他的内心，从早到晚装满一墙之隔房间内病人的忧虑。

有几次，特别想跟他说说话，还是忍住了。能与他说什么呢？

生的悲凉，无非如此。

母亲是手术后暂时入住重症监护室，时间大约两三天，但许多病人是因为病情严重，要长久住在这个地方。远道而来的家属们，便在一门之隔的外面，一天天熬着时光。

这些病人，有每日定点一次探视，只允许进入一人。一次一位老人家想进去看看，几位家属嘱咐一位年轻人：你带着进去，就说老人身体不好需要搀扶。

果然，门口把关的医护人员宽容，破例放入两位探视人。

看得心动。

与我们临时占据空间的邻居，占着两排座椅，中间放着一张床。一排座椅与床并列，增加了床的宽度，可以并排躺

故乡的秋夜

两三人。一排座椅充当着柜子桌子，上面衣物餐具满满当当。这场景一看就是持久战。大多数时候，一家五六口人都在商量着一些事。有一次终于听明白，里面递出病危通知书。

一位女子边哭边说。另一位冷静相劝：这个时候还哭什么，该准备什么，抓紧。

一家人便做着离开的准备，也纠结着商量着要不要给老人拔去维持生命的那根管子。

生命挣扎至此，还有多大的意义？但我明白，家属轮流着，几天进去看一下那个不会说话不会睁眼的父亲，也能感到亲人在身边的暖心。

一个下午，监护室门外很远处又铺开一家人。像我家一样，再没有一排座椅让他们依靠，只能打地铺。有几位是十六七岁的少年。那个下午，他们青春的脸上挂满忧郁。即便低头摆弄手机，也是心不在焉。门里的亲人，牵挂着他们年少的心，也终于让他们明白，生活不只有外面闪烁迷离的世界，还有太多太多的不确定。

一个一两岁的孩子，穿着吱吱作响的鞋子来回跑动，穿梭在一张一张床位间，高兴时便发出清脆的笑声。每当这时，低着头的人们便直起身来，微笑着回应这快乐的童声。

包括那位角落里的老人。

每天上午十点钟，医院保安都会上到这里检查。家属们也早已懂了规矩，早早便收拾起铺开来的床铺，让监护室门外恢复十几分钟的整洁安宁。保安每天行使他们的职责。

他们明白，一转身，身后便是原样。

五

母亲住进监护室的当天下午，她的名字终于第一次在那个神秘的窗口响起。跑过去，是护理人员在收护理费。他脸上挂着笑，说 300 元吧，两天应该差不多。

赶紧问他，我们的母亲怎样？他说挺好。

一颗心放下一些。下午六点，本院工作的朋友上来。或许手术前他见到过我崩溃中的那种绝望神情，便想了办法要带我进去看看母亲。另一个通道，我跟着进入神秘的监护室。

看到母亲，我冲过去叫了一声：妈——

母亲睁开眼又疲倦地闭上，但是清晰地答应着。

我说：好好的，我们都在外面等。

母亲努力回：都回，不要等。

医生警告：不要离她那么近。

问母亲：感觉怎样？她说：渴。

一直在忙碌地监测母亲身体各项指标的医生说：我们会照顾好病人，你看一眼便可放心。

出得门来才想起忘记细看母亲的模样，忘记谢谢辛劳的医生。好在匆忙间拍下一张照片。打开，才发现母亲身上插满管子。但心又放下许多，知道母亲意识清醒。

此刻，我的母亲平安渡过麻醉关、手术关。欣慰中，还藏着大的担心，因为术后感染以及可能出现的更可怕的症状，依然不可掉以轻心。

次日一早被闹钟惊醒，看到弟弟发来信息，告诉我们刚刚见到护理母亲的男子，问他，说母亲"挺好的"。

"挺好的"，三个字一下击出我的泪水。我那受过大痛的母亲，此刻"挺好的"，与我梦中梦到的情形是相反的。我是多么想听到这三个字啊！

母亲挺好的，这个世界就挺好的。

接下来，得空便找主治医生，随时打探着母亲的情形，回答的情况都是"不错"。尤其是从一位医生嘴里听说，母亲第二天换药时就可以自己坐起来了。

欢喜中，继续着好的期待。

这中间，那个窗口几次叫到母亲的名字，无非是买药、要所需物品。

母亲是三天后回到病房的。撤掉临时放了三天的那张床时，周边的家属们投过羡慕的目光，包括那位老者。

我们相视笑笑，无声为对方送出内心的祝福。

迎接母亲回病房的仪式是神圣的。护士姑娘们已经细心将空了三天的床铺铺得整整齐齐。主治医生也一边高兴地告诉我们马上要回来了，一边说着内心的担忧：回来就全靠你们了，一定护理到位啊！

带着各种管子回到病房的母亲满脸笑容。按要求将母亲安顿好，一一记下医生护士的叮咛。之后争先恐后各种询问：在监护室怎样？看不到我们是不是很担心？与医护人员沟通是不是很困难？

母亲却开口问：今天星期几？我在里面住了几天？

我们答三天三夜时，母亲惊讶，她一直以为是两天。她还说，第一天尤其漫长，觉得疼痛到熬不到头。

可是现在，母亲好好地坐在熟悉的病床上，身体没有任何不舒服，给我们慢慢讲述着三天的心情与情形。母亲说手术后她觉得嗓子说不出话，吓得以为以后不能说话了，便一遍遍自己发声。那怪异的声音让护理人员疑虑：这老太太是不是神经病？母亲听力很差，这话却听到了，马上反驳：我不是神经病！护理人员笑了，他们顺利完成了第一次对话。

赶紧给母亲戴上假牙，又用那块漂亮的花丝巾包了头，换了干净衣服。除了满身的管子，母亲又恢复到术前的模样。她的面容，又和姥姥有了区别。

听到消息的亲人们陆续打来电话，母亲欢喜地一个个告

诉大家自己回到病房的消息，那神情就如家里发生了一件大喜事。突然想，人的对于苦难的承受力，以及退后一步的韧性，有多么大啊。从当初得到母亲生病的绝望心痛，到今天的欢欣鼓舞，不是失去什么，反而是得到的无边喜悦。

之前有多悲，之后便有多喜。

带着这喜，我拿起母亲之前换下的衣服，走进卫生间。这竟是我第一次为母亲洗衣服，尤其是内衣。一件件浸入盆中，看它们在水中翻滚。

那一刻，内心升起无限神圣。

原发《北京文学》2019 年第 11 期，收入北京联合出版社"《北京文学》创刊 70 周年作品经典"之《浮生自在》。

瓦楞花

作家导读：

瓦楞花，是一种独特的花，是一种岁月的沉淀，是一种失去人气的沧桑，更是一种坚守的倔强。

总是相信，有味的风情在山里，深山。

上个夏季的一天，明明知道有雨，还是与朋友入得太岳山中。

地表是绿的，山路是蜿蜒的，心情是与世隔绝的。隔绝了尘嚣，心就安放在山里，如同少时，与调皮的玩伴游荡在野樱桃树下，耽搁到天黑前行将迷路的日子。

那时候不打伞，裹一个雨披，闻着远处隐约呼儿唤女的

声音一路跌撞着向前。等我的那盏灯光，在山中一个小村庄的窑洞里。小小的院子，小小的窑洞，充满天堂般的暖意。推门，爷爷奶奶在，叔叔婶婶在，待嫁的姑姑在。经常是，堂弟堂妹们挤在炕上，闹成一锅粥。他们最愉悦的事，就是期待着哪个孩子挨训，继而挨打。

一个哭了，一群笑了。这一天，便欢笑着结束了。

想着，雨便来了，瞬间大起来。泥泞的山路，车子无法前行，停在一户人家门口。

没有院门，三眼窑洞敞在雨中。一名 60 多岁的男人闻声出来，站在门边笑。他不知道，此刻的他站成一道风景，雨帘倾泻而下，朦胧了他憨笑的一张脸。那是少时村中长者的笑，是看到淘气孙儿归家的笑。

不必客套，他闪身，我们冲进屋。

雨落一地，伞在门边，让这个静谧的院子有了声音与颜色。

才知道，整个院子只他一人。周边看不到院落，他似这山中唯一主人。灶台上干干净净，炉火中明明灭灭。

他的妻子不幸因病去了，儿女到县上工作了。他一个人守在这院中，将一应生活用品打理成妻子生前的明净。孩子们会交替回来，吃顿饭；或者像陌生人一样路过，仅仅喝杯茶。

快速喝下他沏好的热茶，身上有了热气。

顿顿，他又说：喝杯酒吧，太冷。

几只小小的粗瓷酒杯摆在灶台上，让若隐若现的火苗烘出温度。旧时的暖瓶，旧时的烧水壶，旧时的灶口铁盖……我们，也成了旧时的人。

一杯酒入口，暖意热辣辣升腾。

雨在敞开的门外，在隔着玻璃的窗外，由大转小。

此行的目标地，是池上。朋友说，池上是一个村，一个无比美好的村，如今只生活着一位老人。

只一位老人的村庄，是什么模样？

作别他的茶酒，作别他，向另一位老人行进。

路途比想象的艰难。车子行走很短一段后就无法前行，地面大小石块刺啦啦划动底盘的声音让司机异常心疼。起先还坚持人车并行，走一段推一段，后来终于与一块石头相遇。

那块石头霸道地横在本就只能容一辆车通过的路中，不偏不倚。或许是曾经山石滑坡时它被甩在这里，便一天天一年年深深在这道坡上扎了根。人踩过，牛羊踏过，毛驴车压过，然而到今天，汽车却通不过。

凝视良久，对视无语。马达终于在古老的山石前败下阵来，车子缓缓退后，慢慢转身。

步行吧。这样的村庄，只有用双腿送上敬仰。

　　山路泥泞，幸而有碎石防滑。没了车子的拖累，才有心情细细看景。路边，布满层出不穷的野花野草，有些识得，大多陌生。它们自古就默默生长在这山中，无须有人给它们取一个名。

　　一路上坡。朋友也说不清有几公里路，只说印象很远。后来算算，最多四五公里，但因视线内一路是望不到尽头的坡，便觉漫长。

　　三只蝴蝶从身边翩然飞过，落在一朵紫色花瓣上。

　　闻不到花朵的味道，也听不到蝴蝶的心跳，更不知这山中，有多少这样花与蝶的热烈拥抱。

　　这场景并不陌生，是少时去亲戚家常会遇到的情景。那时候没有地标村标，顺着花，沿着草，从一个村庄走向另一个村庄，靠的完全是大人的引导。

　　只是，走着走着，大人便不在了；走着走着，孩子便走成大人。

　　姨姨家，姑姑家，远房舅舅家，一个个近的远的亲戚，一条条弯的曲的山路，走满少年记忆。

　　如今，我要以少年的脚步，少年的心情，去探访一位陌生的老人。

　　一位陌生的老人，安然生活在山中。她不知道自己活成风景，吸引着陌生人走近。

大约一个小时后，被花与蝴蝶引上一处山顶。视野终于开阔起来。参差不齐的房舍在远处呈现，朋友一指：就是那里！

那是一片花坡，是一片豁然开朗的绿。山坡上、小径上，散落着成片成片的花儿、草儿。房舍连着一处矮矮的山头，上面布满密密的树。

一群羊，散落在树的更远处。

进村的一条路面上，零零乱乱生长着泥泞的苦菜、车前草、毛毛狗草。村庄依傍的山上流动着雨后的云雾，与天相连。望过去，那片房舍大约有十多个院子，均为土坯。青色的瓦因年久，已经幻化为沧桑的黑。

一处处房舍，依然坚强依偎，坚守出村庄曾经的样子。

越走近，越清晰。一代代人踩出的如水泥般坚硬的那条土路，已经抵不过柔嫩青草的力量。老人的足迹，早已延伸不到这里。那是她从少妇时代走进的村庄，曾走遍角角落落，走过沟沟坎坎，最终却只能止步在老掉的新房里。

新房变老房，少女变老妪。

依旧的是天空，以及经过村庄的风。

朋友的心情比我急切，他匆匆的脚步只向着老人的房舍，边走近边嘀咕：老人家，还在吧？

几处房屋过后，他惊喜地看到老人的居所。果然，院中

的房屋尽管也很残破，屋顶却是与别家不一样的红瓦，看得出近年有过修补。

粗粗细细长长短短的木材围成院墙，大门是两扇历经风雨且不到一人高的旧门板。院中屋檐下放置着大大小小的水桶、锅、盆。不必问，那是用来接雨水的，像极了少时院中的风情。

"老人家，在吗？"跟着声音，我们走向中间唯一有人迹的房屋。透过窗玻璃，一位老人在炕上侧身而睡。听到声音，她翻身招呼："快进来！"

灰色上衣，淡青色头巾，灰色中隐约透出一丝格纹的裤子，腰间一条灰围裙。一个灰色调的老人家，定格在灰色的屋子中。她的领子、袖口、围裙，零乱着三餐的痕迹。炕上是被褥、枕头、衣物，还有伸手可触的碗筷。地面有限的空间里，挤放着凳子椅子、米面土豆、灶台，以及一口大大的水缸。

"心想事成"几个字，以及四世同堂的儿孙，满满挂在老人的墙上。

想给她把东西挪挪，腾出点地方，她却拍着让我们上炕："不用动，没人来。"

曾经就是这样的炕头，围坐着像她一样的爷爷奶奶和成群的儿孙。炕上是吵闹的，灶台边是吵闹的，院外是吵闹的，远处的村庄是吵闹的。

那是奶奶极嫌弃的吵闹啊，她常常举着那把捅火的铁火筷说，快都长大飞走吧。

她未料到，儿孙们飞走，是很快的速度。很多年，我家的老院子只剩了奶奶一个人。

那一个个无人的白天和漫漫长夜，她是不是一次次怀念曾经的吵闹？

曾经想问奶奶的话，今天又想问问这位老人家。可是，未及开口，她倒拉了我们的手一遍遍问：从哪里来，到哪里去？多大了？孩子几个？90 岁的老人家柔柔的一双手，像极了那几年的奶奶，紧紧挨着好不容易盼回的孙儿，问长问短。

琐琐碎碎的声音，让沉寂的屋子变得生动。

老人也曾跟着儿女，生活到热闹的村庄。可是，孩子们再不是当年炕上围着她不肯散去的孩子们。孩子们各自忙碌，孩子们早出晚归。在热闹中孤独的老人，于是宁愿回来，固守一个人的时光，以及她爱过的村庄。

这是一个安宁静谧的村庄，纯净，明媚。这是一个美好无比的村庄，静美，纯粹。

这个村庄之所以让人挂念，是因为还有一个人的烟火。老人用白天的一缕细软炊烟、夜晚的一束暗淡灯光，光明了这个被人遗弃的世外桃源。

　　离开时，腿脚不灵便的老人执意下炕，拄一根木棍送我们出门。隔着矮矮的院门，老人依依挥手："说了好多话，高兴。"

　　老人的笑容，凝固在风中。

　　出村时，才细细关注村中风景。凌乱的木材，几乎不再完整的房舍，坍塌的猪圈厕所，残破的平车，曾经欢愉此刻静寂的电线杆，便是这个村庄的全部。

　　那些无人居住的屋顶，瓦楞间，竟生出一丛一丛绚丽的花。

　　那便是瓦楞花吗？只在孤独中隐秘绽放的花。

　　这是光阴的结晶，是岁月的沉淀。无人的院落，无人的屋顶，它们在瓦楞间安然生、安然长、安然绽放。这些特别的花有红有白有紫，与花下的藻、斑驳的瓦、瓦楞下依旧在剥落的墙皮，合围成一幅绝美的油画。

　　这并非为主人盛开的花，绽放出神秘的光芒。

　　回身，老人在远处。我指指屋顶，在空中比画出一捧花。

　　我想，让她来看瓦楞花。

　　不知道她是不是懂了，看不到她是不是笑了，却看到她的手在空中摆动了。我知道，她走不过来了。

　　出村，迎面遇到一个牧羊人。羊不在，他拖一把羊铲从小路逶迤而来。

我知道他是常给予老人帮助的人。他会偶尔从山下老人的儿女手中接过半袋面，或一捆葱，送进老人家门。

拦住他去路，很想聊点什么。他的一双眼竟有些警觉。避不开，便低了头不说话，只将羊铲在泥泞里扭转。

"那是你的羊吗?"

他跟着将眼光放到远处树后一群涌动的白里，终于开了口。然而不知是因寂寞的大山中长久无人，还是别的原因，一句两句后便不再吭声。

侧身让过，他拖着羊铲走了。

远处，老人的身影模糊成一个小黑影，像极了曾经的奶奶。

村庄又裹进绿和雾中，恢复了无声的寂静，那么盈润。

淡出视线的瓦楞花，隐隐约约，安安静静。

本文首发《散文百家》2020年第3期，收入辽宁人民出版社的《2020中国散文精选》。

握在手里的荣光

作家导读：

　　一双布满沧桑的手，一张青春逼人的面孔。当这双手颤巍巍捧起照片中这位年轻英俊的军人，画面背后会溢出怎样的烽烟与隐痛？

　　郝照余、王生怀，同为山西省长治市武乡县两位抗战老兵。

　　王生怀、郝照余，我手里分别存有两人极相似的两张照片，照片中引人注目的是两双同样嵌满岁月沧桑的手。

　　一双捧着自己朝气逼人的青春，另一双捧着自己75年前的荣耀。

初见王生怀，是 2015 年 10 月，纪念抗战胜利 70 周年大阅兵刚刚结束之后。

那个下午四点钟，他独自坐在儿子家一孔窑洞中锅台边，正吃着少半个馒头。看到有人来，他急于把馒头放在稍远一点的锅盖上。这样一个动作，他颇费了一些时间与力气。

那年，他将满 90 周岁。

听力极差且表述能力极差的他记得二野，记得 15 军，记得在家门口太行山打日本人，也记得一路打到昆明打到朝鲜，更记得头顶轰隆隆伴随炸弹飞的机声。

从 1942 年到 1954 年，从 16 岁到 28 岁，王生怀把最青春的 12 个岁月交给战场。

王生怀生活的故城镇高仁村位于武乡县西部，村子地势独特，进可攻退可守，抗日战争时期曾驻扎过 115 师徐海东、黄克诚的部队，以及决死队、独立营、县政府与公安局。独特的环境培养出一批机智勇敢的民兵队伍。

16 岁那年，王生怀穿起军装，带着高仁村民兵精神走向抗战战场。21 岁又投身到第二次解放安阳战役中，成为兵临安阳城下十万大军中的一员。从他零零碎碎的讲述中，得知他曾是中原野战军第九纵队一名军人。那个五月，冰冷扼杀了正欲弥漫的春意，他那年轻却已经历了五年厮杀的脸庞裹在破烂的衣服里，听着随时传来的号令。那个时候，他的听

力极棒，甚至可以听到身边战友血液涌动的声音。周遭一切都浸在寒意里，身体、血、空气都寒光闪闪。

打着打着，子弹就擦过他的头部。他说那是他第一次受伤。此后王生怀又跟着9纵的脚步打进淮海战役，1949年全军整编为第二野战军第4兵团15军，一路过长江，直下云南。

云南的风情，边陲的景致，全然没有体验，全是炮火，全是硝烟。

王生怀所在的第15军，又挺进朝鲜。彼时，第五次战役正拉开帷幕。

头顶上飞机好多啊，封锁着浩瀚的天空。王生怀第一次知道天空竟也会被管束。"连个麻雀也飞不过去。"他这样描述。

躲避，前进，在艰难中寻找着突破的一片空间。然而躲避着躲避着，头顶上还是落下一颗炮弹。乘坐的汽车翻了，重重地砸在王生怀的身上。左手、左脚都受了重伤，当时便不能行走。

热血变成鲜血。然而王生怀说，面对那么多死去的战友，他这点伤算什么？说着他弯腰慢慢脱下袜子，脚上骨头早已变形，整个脚肿得像他刚刚握在手里的馒头。

第二野战军第4兵团15军，在上甘岭一战中打出了知名度。整个战役经历了阵地攻防战、坑道战、炮战，打得精彩纷呈，也成为 15 军战史上前所未有的一场战斗。

胜利归来的 15 军，日后也被中央军委改编成我军唯一的空降军。

90 岁的王生怀是乡村任何一位爷爷的模样。突然想，他 16 岁初穿军装时是什么模样？他战场上的十年青春，是什么模样？

犹如神助，我在三年后看到时任武乡县新闻中心主任王晓方拍摄的一张照片。照片上，一双饱经风霜、布满粗粗细细纹路的手；手中，是一张青春勃发的军人黑白照。

这张照片记录了王生怀的军人时代。这张照片里的手，便是王生怀的暮年时刻。他用一双写满 90 年岁月痕迹的手，捧着自己英气逼人的青春。照片背景一片漆黑，以致让这双手更加沧桑，那张脸更加青春。这截然不同的两种岁月，给予观者强烈的视觉冲击，继而想落泪。

照片中看不到王生怀老人的脸。然而我知道，那张脸上，一定挂满笑容。因为他的手心里，是他最美的青春，最骄傲的人生。

无独有偶，又两年后的 2020 年，抗战胜利 75 周年之际，我又看到另外一张照片，一双手。

那是郝照余，两个月后年满 100 周岁的另一位武乡籍

老兵。

郝照余 1920 年 9 月出生于武乡县石北乡岭南村，是家里的老三，上面有两个哥哥。三个男孩，在乡村是让人羡慕的一件事，是可以让家族人丁兴旺的一件事。

然而，他们遇到不幸的年代。大哥郝申有，在抗战爆发初期便穿起军装参加了八路军，一走再无消息。

烽火很快燃烧到武乡这片土地上。父亲郝士英又与二儿子一道，担负起给八路军送军粮的任务。抗战时期的武乡，隐蔽着很多八路军，因此日军不仅设立了许多据点，而且防范森严。为了避开日军盘查点，郝士英父子送粮不仅需要在夜晚行动，而且要绕道榆社再转回武乡八路军驻地。一个冬日的夜里，父子俩背着粮经过一条河时，儿子不慎落水。情急之下父亲跟着跳了下去，然而没想到的是，河水冰冷且湍急，父子俩双双未能上岸。

大儿子没了音信，二儿子意外丢了命，太行山中坚强的郝家母亲竟然没有被打倒，而是在 1942 年 5 月又亲手将 22 岁的三儿子郝照余送进八路军队伍，成为武乡独立营二连一名战士，后被编入 129 师 385 旅 14 团，从此驰骋在太行山中。

两年后的 1944 年，郝照余随部队在沁县取得一场胜利后，经武乡返回驻扎点。路经家门口，他顺道探望了别离两年的母亲。孤苦的母亲带着二哥的孩子，衣着单薄。郝照余一阵心酸，随即脱下身上的夹袄穿在母亲身上。

不曾料到——谁能料到？这件普通的夹袄，却给母亲带来杀身之祸。那是郝照余离开的第二天，敌人进村扫荡。有百姓说，敌人是在抢夺郝照余母亲手里的织布线时，发现她套在衣服里面的夹袄。一件夹袄本是普通粗布，当时却是百姓省出来送给八路军战士穿的。这只有八路军战士才穿的夹袄，怎么穿在一位村中妇人身上？敌人当即判断，她与八路军有干系。问她，不答，便残忍地将她杀死。

彼时，郝照余刚刚回到驻地。惊闻消息的他在班长的陪伴下一路奔波赶回，却因怕惊扰敌人未敢进家门，只远远在村口给母亲深深磕下几个头。

战士郝照余一腔悲愤的泪水，洒在家门口。

"恨自己。"此后，这件夹袄成为郝照余一生的痛。

"要不是那件夹袄……"直到 100 岁的今天，老人含糊不清的话语里，还一遍遍要提及这件事。

抗战结束，郝照余又一路南下，参加了解放战争。1946年 8 月上旬，陇海战役拉开帷幕。激烈的烽火中，郝照余突然觉得"嘴里多了个东西"，吐出来一看，竟然是一粒裹着血肉的子弹。

"命大。要是稍错错位，就死了。" 70 多年后，郝照余一

次次将右手抬起放在右腮上，指着一块明显凹回去的地方告诉人们："子弹就是从这里进去的。"又把手指放进嘴里做了一个掏的动作，"又从这里出来。"

子弹透过老人右腮，进入嘴里。深深的痕迹伴他走过 70 多年。

郝照余的女儿说，父亲的后脖子上还有一处枪伤。问及受伤经过，老人终是记不得了。

2014 年国庆前夕，一张"烈士证明书"被送到郝照余家中，那是中华人民共和国民政部发的："郝申有同志在抗日战争中牺牲，被评定为烈士。特发此证，以资褒扬。"从烈士证上简单几行信息得知，郝申有于 1915 年出生，时为武乡游击队一名战士，在 1937 年一次战斗中牺牲。

1937 年，那是抗战在武乡刚刚展开的时间，家人不知道，年仅 22 岁的郝申有，已经光荣为国捐躯。

捧着国家给大哥颁发的"烈士证"，时年 94 岁的郝照余双泪长流。他不知道，大哥牺牲时年仅 22 岁，正是他穿起军装上战场的年龄。

郝家老三郝照余没有让家人失望，他一路南征北战，身体虽带了不少伤，却光荣回到家中。

那一年，他才 26 岁，独自撑起那个几乎散了的家。

武乡摄影师李晓斌拍摄的一张照片上，郝照余一双手中紧紧握着一枚"纪念抗战胜利70周年纪念章"。自2015年之后，每有人来探望，他必要将军装整齐穿上，将军帽戴在头上，再将这枚纪念章挂在脖子上。他断断续续回答着别人的问题。然而最专注的时刻，还是捧起这枚纪念章，深深埋首，长久凝视。

照片上只有一双手，一枚纪念章。他的眼神却清晰映现在眼前。

遗憾的是，王生怀于2019年去世了，郝照余则即将跨入100岁生日。

两张照片，会永久留下来。那同样变形的关节，同样沟壑纵横的手指，呈现着同样动人的高光时刻。

两双手里紧紧握着的，是他们一生的荣光——太行的精神。

本文首发《解放军报》2020年8月11日，获《解放军报》第九届"长征文艺奖"报告文学奖。

心中军歌依然嘹亮

作家导读：

> 他幽幽地说："孩子，我看不见你。"他喃喃自语：
> "要不是那件夹袄……"他倔强地问："为什么不让我去
> 天安门广场？"他们的内心都有着一个大大的伤疤，可
> 他们心中却嘹亮地响着同一首军歌。

院门开，他出来，从心底流出的笑挂满脸。彼时正值中午，阳光金灿灿的，从他头顶泻下来。

沿着自家与邻家两堵院墙形成的窄窄长廊，他旁若无人，昂首向前，走向远处绽放的一丛蜀葵。

"老人家，可以了！"听到身后的声音，他停下来，没有

意识到一朵白色的蜀葵正好触向他挂着的手杖。他扭身，将上前帮忙的人轻轻推开，"我能行！"

白色的蜀葵，在身后轻摇着向他致意。

他正视前方的摄像机，从容返回。我知道，他的视线里，只是一团模糊的影子。就如他之前偶尔的抬头与低头，都看不到头顶的日头与脚下的影子。

犹记 6 年前，他隔桌坐在对面，轻轻说："孩子，我看不到你！"

那是与他的初见。彼时，我们已经聊了一个上午，我却没有发现他的异常。他的眼睛不大，始终坚定地望着前方，只是偶尔看看我。才知道，他的光明只在前方，那里有一群人，抑或是一种声音，牵引着他的心。

是什么声音？6 年后，当他面对摄像机再一次磕磕绊绊讲述时，我恍然大悟，那个声音，是进军的冲锋号声，是嘹亮的军歌声。

他叫赵松秀，是一名老兵，也是一名老党员，2021 年整整 100 周岁。

这是我第三次见赵松秀。第一次，是 2015 年深秋的初次寻访，他给我讲述了从一个放羊少年成长为八路军的经历。

他坦言，1944 年部队在村里扩军时，他没有去，因为对打仗充满恐惧。然而次年八路军 129 师 769 团再次扩军时，

想想自己眼皮底下死伤的乡亲，他坚定地放下镢头穿起军装。

随着上党战役，走进血淋淋的战场。攻克屯留、潞城，解放长子、壶关……铺盖卷也顾不得扛，跟着大部队走走停停，不分白昼。

太阳落下去，又升上来；雨停了，太阳再出来。天空一直在变，战斗却不停止。

丝毫没有战斗经验的赵松秀，紧紧跟着连队指导员。走着走着，走进一个村，走进一条沟。

那是山西省长治市屯留县的老爷山战斗，当年上党战役主战场。

天快明时，攻击命令响起。子弹在一片一片土地间飞来飞去。太行山的天空，下着瓢泼大雨，更飘着密集的弹雨。初次扛起枪的赵松秀，也在枪林中被迫积累起经验，克服掉恐惧，明白了一个战士的真正含义。

勇气之门一旦打开，便不会再关闭。他所在部队密集的战火旺盛地烧坏了敌人。他欣喜地看到俘虏们举起双手，把手里的枪支一支支扔在脚下，四五十个失败的背影无奈被押解着撤离。

刚上战场，就接连看到敌人如此近距离缴枪，他发自内心希望，就这样一直持续下去，看到更多的鬼子在眼皮子底下投降。

然而幸运之神并没有再垂青他。俘虏的鬼子被押走后，指导员指示他及另外两名战士往前100步，挖一条战壕，准备下一次战斗。三位战士的心情是欣喜的，脑子里不时闪烁着敌人被俘的场景，挖掘的进度非常快速。

　　挖着挖着，天亮了。

　　光明，在战争年代是一个很糟糕的东西。这一天，赵松秀便被光明所害。三位挖战壕的战士被上面的鬼子发现，向他们开了枪。

　　子弹深入肉体，疼痛一定撕扯着骨髓。没想到赵松秀说，根本不是那样的。子弹从赵松秀胳膊肘穿过，他却并未觉得疼痛，甚至不知道自己负了伤。

　　"那，是一种什么样的痛?"见他沉浸在当初那个时刻，我忍不住问。

　　"像被镢头捣了一下。"他想了一想，这样回我，同时用了一个象声词，"嘭——"。

　　他出乎意料的回答让我提着的心一下落了地，谢天谢地。被镢头捣过，还是没有走出农家的痛。彼时的子弹，像一个淘气的孩子，蹦跳着跑过他的身体。

　　本该生活在田间的农家儿子，一场烽烟将他拉上战场，一颗子弹又将他送归土地。

　　作别部队，告别战场，在河北涉县办理过手续，带着军

人的名分与伤残证明，踏上回家路。

起初的队伍很庞大，称得上浩浩荡荡，这些在战场上彼此不相识的人，结成特殊的战友群，听着身后的枪声，想着渺茫的家乡，各怀心事，彼此并不多言语。

他们不知道，身后海拔 1226 米的老爷山顶主峰上，那座莲花舍利塔上弹痕累累，大大小小的弹洞留了百余个，记录着他们带伤离开后的惨烈与悲壮。

伤兵们磕磕绊绊，一路走，一路分别。有人打声招呼，有人只低了头，换一条路继续沉默向前。

庞大的队伍，渐渐零落。

看着越来越小的队伍，赵松秀几次心生酸楚。这样的疼痛，胜过他受伤的胳膊。

回山西左权办完第二次手续踏上回家路时，赵松秀身边只剩下两个人。赵松秀再也无法保持沉默。他主动开口，才知一个叫郝生荣，是与他同属蟠龙镇的龙湍村人；还有一个是监漳镇下北漳村人，叫暴步云。

时间流过 70 年，让人不禁感慨赵松秀老人强大的记忆。

巧的是，见赵松秀之前，我刚刚见过与他一同受伤退伍回家、伤残类别同为八级的老兵郝生荣。想到手机里有郝生荣的照片，兴奋地翻出来，却突然意识到，赵松秀根本看不到这位 70 年前与他同行归来的战友。

第二次再见他，是两年半之后的 2018 年盛夏，上门给他送书。

听说他的名字与事迹被写进《重回 1937》，他将兴奋与惊讶交织在脸上："我？有我？真写进书里了？"

第一次，他把脸认真朝向我，眼神里闪现着吃惊的真诚，双手不停地摸索着这本书，"我看不见，书真要给我？"

得到肯定回答后，他双手抱书，紧紧贴在胸前，同时放心地收回投在我脸上的目光，长长投向前方。

他的神态，很像《重回 1937》书中另一位老兵郝照余。不同的是，郝照余在收到书的时候，一遍遍笑眯眯翻看自己的照片。

"这是谁呀？"身边的人像对待一个不懂事的小孩子，一遍遍问他。

"我——"他也像小孩子一样，开心地张着嘴，不厌其烦地回答。

然而两年后他百岁之际，却已经说不清"我"这个字眼。

"我——我——"一遍一遍，他含糊不清地指着书中四年前他的照片，依然笑眯眯的，同时口水像孩童一样流出。

四年前还算清晰地给我讲出的故事，再也说不清了，必得女儿将他的手抬起来，又将他的食指拉向他右腮的凹陷处，

再趴到耳边大声问:"这里,怎回事?"他才会甩开女儿的手,努力说:"子弹——这里——进去——"之后将食指费力移向嘴里,"这里——出来——"

一切都是含糊不清的,只有知道他故事的人,明白他说的是这两句。之后,他又低下头,沉浸在书中,翻来覆去,看他的几幅照片。我不知道,他心里对一本书有着怎样的概念,因为他给我讲述的所有故事里,除了刀枪,就是受伤与死亡。

他的父亲与二哥,在给八路军送粮途中不慎掉入冰冷的河中,双双失去性命。他的母亲,因为一件夹袄被日本人杀死,只因那件夹袄曾经穿在郝照余身上。而他那1937年便参加了八路军再无消息的大哥,直到77年后的2014年,才收到民政部颁发的"烈士证明书";也才知道,大哥早在离开家的当年,便在一次战斗中牺牲。

全家唯一侥幸活下来的郝照余,内心最大的隐痛,就是当年将那件夹袄脱下来,穿在寒风中衣着单薄的母亲身上。

"要不是那件夹袄……"直到百岁之际,老人含糊不清的话里还充满自责。

96岁初次受访时,他还热情叮嘱在场的男士,一定要抽他的"一棒棒烟";也常常要被上地干活的女儿锁在屋里,因为怕他跑到院子里摔跤。然而百岁时再上门看望,需三四个人才能合力把他抬到院子里。

有人上门，老人的眼里便放出光彩，从人群中寻出女儿并示意。女儿懂得，迅速帮他穿起军装、戴好军帽，又将两枚抗战胜利纪念章挂在胸前。彼时的老兵是兴奋的，沐着阳光，长久埋首在胸前那枚纪念章里。

那枚简简单单的纪念章，凝结着他一生最大的荣光。

赵松秀、郝照余，都是我的作品《重回1937》中的主人公，生活在我的家乡——抗战时期八路军总部武乡。我与他们相识于纪念抗战胜利的2015年秋天。那一年之前，我不知道家乡还生活着这样一群人，当然更多的人不知道那片土地上还有他们那样一群人。带着遗憾与愧疚之情，我将有沟通交流能力的13位老兵请入我的书里。

采访，出版，中间一直伴着老兵的陆续离世。不曾想到，可以陪其中两位老兵走到他们的百岁，走进建党百年。

而2015年初接触时唯一的百岁老兵李月胜，却不能不提。出生于1915年的李月胜，是我的第一个采访对象。那个秋天，落叶、芦苇、庄稼交织呈现。我独自驾车回到武乡，顺着浊漳河而下，在洪水镇一处岔道口作别浅浅的河流，自北而上，去往李月胜所在的韩青垴村。秋日的乡村路上风景独好，饱满的果实已过了轰轰烈烈的收割期，只剩下秸秆的田地里，散发着淡淡的忧伤气息，满目尽是萧瑟之美。

一眼朴素的窑洞里，一盘古老的土炕上，坐着一个婴儿般干净与可爱的老人，纯净而天真的笑容挂在脸上，两条腿伸直坐在炕上，两手抱在两腿下，上身前后晃动着，嘴里哼唱着一些曲调，像被妈妈关在家的无聊小孩。

才知百年历程，疼痛早让岁月抹平。

然而山河毕竟碎过。百岁老兵李月胜，在正值风华正茂的 23 岁，穿起军装，一头扎进抗战大队伍中。

那是 1938 年。关家垴、中条山、围困蟠龙、淮海……参与过的战役，他慢慢历数。尽管一颗罪恶的子弹在他的身体里驻扎了 11 年，但他讲起惊心动魄的往事却依然云淡风轻："种地好，就是辛苦！当兵也好，就是要命！"

抗战胜利 70 周年，李月胜老人被接去县里的光荣院，受到中央及省里民政部领导的接见，为此他高兴了许多天。

本以为百岁老兵内心无怨、此生无悔时，他却突然盯了我问："为什么不让我去天安门广场？"

疑惑之际，女儿过来解围："爹，咱努力再活十年，申请带您去天安门广场！"

刹那明白，刚刚过去的 9 月 3 日，武乡有 5 位老兵去天安门广场参加了抗战胜利 70 周年阅兵式。

那一刻，作为曾经的抗日战士、今天的老兵李月胜，一定坐在电视机前，全程观后了那场直播。他一定是看到老兵方阵出场了。他的内心一定涌现起心潮澎湃的热烈:"我也是一名老兵啊!我也想再一次穿起军装,再一次别齐军功章啊!我也想再一次庄严地举起右手,向亿万观众敬下一个军礼啊!"

"可是,为什么不让我去天安门广场?"他只能一次次,像孩子一样诉说着内心的委屈。

那是百岁老兵李月胜离开这个世界前,内心唯一的向往。

正如今天的赵松秀与郝照余一样,身体老了,眼睛模糊了,内心却有一个激情澎湃的战场,那里,永远军歌嘹亮。

本文首发《解放军报》2021 年 12 月 16 日《长征》文艺副刊,后获《解放军报》第十届"长征文艺奖"报告文学奖。

1947 年初夏的一封信

作家导读：

　　我的书柜里，保存着 80 多封亲人与朋友曾经的来信。然而直到读了 1947 年初夏这封来信，才对一封信生出无限敬意。这是一封信，也是一种家风、一种境界、一种风骨。

　　1947 年 2 月 1 日，人民解放军作战的胜利预示着中国革命新高潮即将到来。

　　8 月 22 日，被称为"陈谢大军"的晋冀鲁豫野战军第四纵队在晋南与豫北交界两侧强渡黄河，切断陇海路，东逼洛阳、郑州，西叩潼关，落脚豫西展开战斗。

这支部队里，有一个叫王争的人，来自山西省长治市沁源县。彼时是中野四纵 11 旅 31 团作战参谋。他的家乡沁源，刚刚在两年前结束了一场艰苦卓绝、长达两年半的"沁源围困战"。

王争不知道家乡与亲人是什么样子，也无暇顾及。自 1937 年参军后，他一路向南，征战在祖国辽阔的大地上。

王争不知道，这年初夏，一封特殊的信寄到他的家乡——李元镇下庄村。收信人是他的二哥王守仁。

王争更不知道，这封信，与他有关。

这是一封可以改变王守仁一家生活命运的信件。没想到的是，却尘封了长达 68 年。

尽管日本人被"挤"出沁源已经两年了，但那个初夏，家园依然残败，生活依旧困顿。所有的人家都残缺不全，一家一户都在悲哀中拼力维持生存。王守仁全家也一样，饥饿，贫穷。

这一封来信，犹如天使下凡。

然而直到 68 年后的 2015 年，这封信才被王守仁六十多岁的儿子王建民在搬家时无意看到。

一封从旧时光来的信，躺在王建民面前。他的心咚咚跳着，慢慢捧起。

"邮至沁源县三区下庄村，交王守仁先生收，由十一旅

三十一团长（寄）。"

轻轻打开，是一页用油印字打出的信。信纸下方虽有缺失，却看得出几乎没有在什么人手中辗转过。初始的折痕整整齐齐，仿佛时光不曾流动过。

信的内容如下：

王老太太指示：令郎王争同志参加我军后，忠实于人民解放事业，消灭顽伪军英勇无比，每次战争中屡建奇功。此是贵府阖家之光荣，亦是中国人民之荣幸。

此次晋南攻势后，全国形势已进入反攻，我们部队为了全国人民的彻底大翻身，挖掉总穷根，争取自卫战争之早日胜利，因而目前则进行短期之整训以学习本领。王争同志在学习与生活中均很紧张，也十分高兴身体亦很健壮，希放心勿念。兹因部队任务繁重，积极反攻，无暇分身归里探望。俟将来打倒蒋介石以后，胜利地归里省亲或高车驷马以迎老驾临部队团圆欢庆。后会有期，不多赘述。至于家庭困难，我们已函达各级政府予以解决，并希持函向各级政府要求解决为盼。

此祝健康。

落款分别是：十一旅旅长李成芳，副旅长刘丰，政委胡荣贵，主任侯良辅，参谋长王砚泉。

邮戳是"站邮二军区"。

四纵十一旅旅长李成芳，与十旅旅长周希汉，当时可谓是陈赓大将的左膀右臂，足见王争在将帅们心中分量之重。

首长来信，在细数王家儿郎优秀之后，重在叮嘱王家老太太："至于家庭困难，我们已函达各级政府予以解决，并希持函向各级政府要求解决为盼。"

最后这一句，才是来信目的。一定是，部队得知了王家艰难的处境，很是惦记。然前方烽火未灭，不能让战场上冲锋陷阵的王争分心，更不忍英雄的家人还挣扎在吃不饱肚子的困境中。

信没有确切日期，但看内容知道是解放战争时期的晋南战役之后。晋南攻势始于1947年4月4日，5月9日结束，历时37天，解放了翼城、新绛等25个县城及侯马、风陵渡等多个重镇。之后，中野四纵在短暂调整后，一路南下。

王建民由此判断，来信日期应该是1947年初夏。

此前，王争全程参与了晋南攻势。尤其是其中运城西关一战，作为作战参谋的他几次冒险侦察后亲自制订出"奇袭与强攻相结合"的作战方案，最后大获全胜。也因此在信中，才出现了"英勇无比""屡建奇功""阖家之光荣""人民之荣幸"这样极尽褒奖的词语。

故乡的秋夜

1924 年 3 月出生的王争于 1937 年 9 月参军，1940 年 2 月加入中国共产党。抗日战争到解放战争期间，从一名通信员一路战斗成长到军长的职位，中华人民共和国成立后又参加了楚雄剿匪、边境自卫还击作战等战斗，被二野四纵评为"战斗英雄"，荣立特等功 1 次、大功 3 次、中功 1 次，荣获三级独立自由勋章、二级解放勋章、独立勋章、独立功勋荣誉章。

战功赫赫，荣耀无比。这让多年后慢慢了解到详情的侄儿王建民又惊又喜，细细回味，从记忆里慢慢挖掘出他身处的这个特殊家庭一些显赫的碎片。

王争的父亲王廷祯与母亲刘金凤育有 6 个儿子，个个英勇。抗战岁月中，王家出粮出兵又出力。那时候，老大是村里的财粮主任；老二王守仁是民兵队长；老三成为中华人民共和国成立后沁源最早的公安局局长；老四王争更是随部队一路征战，一路立功；老五王谨与四哥王争一样，早年也是太岳军区决一旅 25 团一名战士。抗战结束后，母亲又亲手将老六送进 25 团，追随几位哥哥参加了解放战争。

1947 年初夏这封来信中，称呼的"王老太太"便是王争的母亲刘金凤。多年后发现信件的王建民不会知道，当时父亲收到信的心情，奶奶看到信的感受。

娘俩在灯下一字一句读完信，说了什么？

儿子被部队首长如此赞誉，"王老太太"必然欣喜异常。然而"至于家庭困难"，她并未责成儿子"持函向各级政府要求解决"，尽管对方"已函达各级政府予以解决"。

几十年来，王建民断断续续从别人口中知道了家族在那个岁月的一些往事。抗战时期，家中的碾子、磨盘几乎天天连轴转，就是给八路军战士供米面。那时候，王家是八路军最信任的地方，身兼疗伤、开会、联络等多项功能。家中住过多少伤员，王建民没听父亲说起过，只知道30年后的1972年，父亲王守仁去昆明看望四叔王争时，时任昆明军区副司令员的梁中玉听说后，专门接见并宴请了王守仁。缘由就是当时在太岳军区决一旅25团任参谋长的梁中玉受伤后，在王家养过一段时间伤，并得到精心照料。

太岳山中农民王守仁，当年为保护老百姓，被一颗罪恶的子弹将两根手指连续打穿，从此连在一起，再也没能分开过。

除了两根手指上的伤，他的身上还挂着无数引以为傲的事迹，然而多年来一直默默放在心里，从未给孩子们讲起。就是当过民兵队长这事，王建民也是多年以后无意间听叔叔讲起的。

开国中将李成芳、周希汉，这些名字王建民都无比熟悉。当年，他们都是驰骋在太岳山中的勇猛战士，都曾生活和战

斗在沁源这片土地上。那时候,他们都是家里的常客,与王家人都是亲密朋友。

这样一个特殊家庭,自然要受到王争所在部队牵挂。为了解决前方杀敌英雄的后顾之忧,让英雄的家人不挨饿,他们在 1947 年初夏,联名签发出这封信。

1947 年初夏的一封来信,没想到会在 68 年之后才被后人发现。这封陈旧的信纸,捧在王建民手里。一字一句,他读了无数次。读过之后,他依然像曾经的父亲与奶奶一样,默默存进箱底。

也曾,他不理解当初父亲与奶奶的处理方式。然而多次读过之后,他似乎突然懂了,比起填饱肚子,当年的父亲与奶奶一定更期待信中描述的一个场景,那就是:"胜利地归里省亲或高车驷马以迎老驾临部队团圆欢庆。"

他没机会目睹,却总是要一遍又一遍,想象着那个无比荣耀的高光时刻。

本文首发《光明日报》2022 年 7 月 20 日,后收入漓江出版社的《2022 中国年度精短散文》,选入吉林省高三联考等多省市试卷。

翻山越岭去拜年

作家导读：

　　翻山越岭，会让人的内心生出一种艰辛。可如果生命中有过翻山越岭去拜年的体验，却会成为一生中无法挥去的乡愁与文化记忆。

　　零星几声鞭炮，炸醒星光依旧的乡村天空。

　　"起床了，今天去老舅家！"妈妈的手伸过来，推醒我。

　　冬日的被窝，实在太温暖，然而年的清晨不同，"去老舅家"迅速驱除了我想赖床的想法，一下清醒了。天已大亮，灶台上的炖肉香弥散在屋里。

　　晨起便有肉香，是每个年才有的待遇。

在扑鼻的香气中，我伸手拉过枕边的新衣，摸摸衣兜，昨日几张压岁钱还好好地躺在里面。这样的习惯延续几年了，是恳请妈妈的结果，当天的压岁钱，允许在衣袋里过个夜，然后在早饭后出门前交到妈妈手上。

一阵鞭炮声响起，必是三叔家的蛋蛋。出门，一窝鸡也抖动着羽毛，散开在大年的院子里。初四啦，妈妈依然将鸡盆刷得洁净如新，如我们的新衣般亮眼。

妈从门里扬出一把玉米，几只鸡哗地冲过去。中间的黄鸡或许是吞咽的速度太快，被噎得仰天一缩一抻。而那只黑鸡，竟然与一只白鸡打起来。出门拿柴火的妈妈生气了，一块石子飞过去："大过年的！"

不懂事的鸡，哪里像我们这些孩子，一到正月都乖乖闭了嘴，不骂人，不吵架。妈说，过年吵，一年吵。

香喷喷的烩菜馒头还没吃完，小姑已经在院里喊：走了，走了！

今天，是她带我、二婶婶家的琴琴，还有蛋蛋出门。老舅家在十二里地之外的岭上村。老舅是奶奶的哥哥，每年自然是要上门拜年。他的儿子们，也会带着孙辈前来。或许是每年的惯约吧，他们一般初三来，我们初四去。

那时候拜年，是从初一早饭后开始的。当天，是本村的奶奶家、各个叔叔婶婶家，以及亲近的邻居家。一家一家进出后，口袋里便多了一张张面额不等的崭新压岁钱。七八家走下来，从村头走到村尾，也用不了一个小时。村子里本家与邻里间的走访，是不必带礼的，只需进门问声过年好，长辈便将早早备好的压岁钱递过来，往往是一拿、一笑，便扭身离开。身后的长辈，自然也笑着，不计较小小孩儿是否留一句谢谢。

压岁钱装在兜里，便是可以做主的一天，可以随心所欲花一部分出去。半上午时分，小伙伴们也便陆续从各个门里欢喜着出来，心照不宣一道挤进村里唯一的小商店。男孩子们总是高高将钞票举进去，换几挂鞭炮出来。女孩子们随后趴在柜台上，一件件挑选。一把糖块，两条系辫子的红绸，或一块手帕，各自欢喜着揣进衣兜，散开在村子里。

"卖——芝麻饧来——"

一个半大小子，总会提一只柳条篓，适时叫卖过来。掀开那条半旧却洗得干干净净的毛巾，多半篓芝麻饧像列队的战士，整装待阅。女孩子们争相将兜里的钱拿出来，一人两支拿在手里。

寒风中，脆生生挂满芝麻的饧便入了一张张欢喜的小嘴。谁家妈妈恰巧路经，喊一声：还嫌咳嗽得不够难受？于是大家一哄散去。回家跑进灶台，将剩下的一支举在火上，用不了半分钟，它笔直的身姿便柔软如少女，咬一口，长长的甜

甜的糯米丝便拉出来，芝麻香也随着溢开来。

初二开始，便要走村串户，姥姥家、姑姑家、姨姨家，拉开翻山越岭拜年的帷幕。平时不想走的路，过年却格外不计较。穿着崭新的衣服上路，换几张崭新的票子回来，如何不让人春光明媚。

去老舅家的路上，要经过三个村庄，有些凹在沟里，有些就在路边。近一个村，便要传来零星的鞭炮声。随之，便有炊烟袅袅飘出来，进而要有肉香味漫出来。

正月天，一村一村隔山越岭串为一体，只一片被风吹落的对联，便将沿途山路也布满年味。何况，路上一队一队，都是大人扯着孩子的拜年队伍。每个人的手臂上，大多挎一只竹篓，上面用带红花的毛巾盖得严严实实。不用看，毛巾下面是或满或过半的白面馒头。

擦肩而过时，即便不认识，大人们也会笑嘻嘻打声招呼：拜年？而孩子们，会互相笑看一下对面来的少年，有些男孩子，还要忍不住拍一下迎面而过的男孩；被拍的，或腼腆或以同样的方式回应一下。而女孩子们，会盯了对面一件没见过的花衣服，抑或是发辫上扎的一只花手帕，扭身痴痴看上一阵。

一路上，或同向的，或迎面的，热闹了寂寞难行的路。再远，也不孤独；再冷，也是暖的。

终于走到老舅家。路过谁家院门，便被认出来："来了?"

"来了!"

那只熟悉的狗，又会像上年一样急急报出讯来，随之，坐在炕头的老舅便探身出来，笑脸长久朝向大门口。老妗，也已举着两只沾满面粉的手出得门边。——将我们让进屋后，她做的第一件事，必是擦擦手，把早已准备好的压岁钱拿出来，分发到几个孩子手里。

小姑自然要坐定，先喝一碗老妗递来的水，再回答她关于爷爷奶奶身体如何的询问。浅浅聊过，小姑起身，她得把这离中饭差不多一个小时的时间，留给老舅的儿子——我的两位表叔家。于是跟着小姑，按妈事前的吩咐，用盖在篓子上的毛巾包出十个馒头，向两位表叔家走。

流程自是一样的，进门站定，表婶一定会先把压岁钱装在我们衣兜里。

一枚小鞭，尖叫着打断小姑与表婶的说话，吓得表婶大吼：这小祖宗！院中，那个依旧最淘气的男孩已被吓到树后，坏笑着朝屋里偷瞄。我知道，他是用这样的方式对亲戚的孩子示好，也或许是示威。三叔家的蛋蛋，听到小鞭声早已蠢蠢欲动来到院中。很快，两个男孩间隔了一年的生分快速消除，扭在一起玩起来。

饭时很快到了。表婶家另一个孩子，被老妗打发下来喊

我们上去吃饭。两位表姊明知，这顿饭必得在老舅家吃，然而她们必要拉扯着客气一番，不让我们走。

一番推让舌战过后，如期回到老舅家。几大盘饺子，老妗早已盛出来摆在桌上，再加半碗蒜醋、一盘炒鸡蛋。老舅早已坐定，磕掉最后一锅烟灰，端起他的二两酒催促我们快上桌。

那杯热辣辣的酒，老舅总要举过来逗蛋蛋：来一口？而蛋蛋，准会笑着把嘴躲进饺子里。

饺子香、酒香、醋香，弥漫在老舅的窑洞里。

热腾腾的饺子里，老妗与小姑不停嘴的聊天较老舅的酒更为热辣。一个个饺子下肚，一桩桩家事出来。饭毕，两家分别一年的大事小情，便在各自心中明晰起来。老舅几乎不说话，他想问的，都已经混在酒中入到肚里。

彼时，两位表姊会准时上门，给我们每个篓子里放回三个馒头，作为回礼。小姑或许会客气一句：留着吃就行，还拿？

"哪有都留下的道理。"

于是不再推让。

饺子吃完了，饺子汤喝好了，天也聊够了，问候都带在身上了。

该起身了。回程山路上，我们并没轻松多少，还要再提上许多馒头回家。而这些馒头，还可以留给明天拜年用。因此正月天蒸馒头时，妈妈们并不按每个亲戚家五个准备，是要把回礼的三个刨除在外。

路上，已经有锣声鼓声从一些村庄隐约飘出来。"破五"一过，拜年的气氛就会淡下很多。各家的爸爸们，开始一担担挑水，供妈妈们一件件给孩子们洗那些布满火药味的新衣。

孩子们一颗颗躁动的心，在小憩几日后将再一次喷薄而出。他们知道，新一轮的红火，将随着元宵节的到来，再掀高潮。

本文首发《散文选刊》（下半月）2023年第4期，后收入长江文艺出版社的《2023年中国精短美文精选》。

故乡的秋夜

一次动人的"解说"

作家导读：

　　一个有阳光的下午，一座寂静的寺庙，一墙惊艳的壁画，一位孤独的聋哑人，一场别样的"解说"……注定是一生中难忘的一次记忆。

　　没想到，让圣人傅说（yuè）刻进我心里，是因了一个聋哑人。

　　事实上，我早听说过傅说，然而仅仅知道他的名字。记住并将他铭在心里，是走进平陆的这个夏日。

　　走进傅相祠的那个上午，阴着天。

　　门外便听到锣鼓喧天，进去才发现是一些村民正在偏殿

178

门前进行锣鼓演练，为即将到来的庙会做准备。直奔大殿，遇到两人正出门，加上我们一行四人，就是当时傅相祠的所有来客。

一组塑像，两墙壁画，就是大殿的全部。当然，这不是唐大历年间的傅相祠，是从 1992 年起历时三年重新修建的。"钦承殿"三个字，高高悬挂在大门上方。

傅说，堪称传奇。出生于公元前 1350 年的他，只是一个做苦役的奴隶。可是，他遇到商朝第二十二任君主武丁。在历史评价中，武丁算得上是一位圣君，其中缘由之一就是他任用了傅说。本就才华出众的傅说如鱼得水，助力武丁实现了"武丁中兴"。功勋卓著的傅说被尊奉为与伊尹齐名的商朝名相，传说病故后化为一颗东方明星。今天的傅说祠，就是他当年的筑墙治水之处。他当年做奴隶的藏身洞穴被封为"圣人窟"，窟前一条小河更名为"圣人涧"，所在的村庄也同时更名为圣人涧村。

也因此，傅说是比孔子还早 800 年的"圣人"。

钦承殿内，左右两面墙绘制有满满的壁画，是傅说从奴隶到宰相的历程。正当我们研究壁画内容时，一个男人出现并直接进入画面。他的一只手急急指向壁画中我们眼神所在处，开了口。

然而，他却不能说话。

细看，他正是刚刚出门的两人之一。此刻才明白，他是看管殿堂的人，刚刚送别了一位客人。

可是，他竟然是一个哑巴。

然而他并没有以一个残疾人惯有的心理自卑地黯然一角，而是主动站在我们面前，连比带画，急切又激情地当起"解说员"。确实，这里没有解说员。很快反应过来的我们，很快跟着他进入角色。他说着，我们应着。他用手势，我们用声音。在他的无声引领下，我们从左墙到右墙，一一解读了壁画上的故事：从傅说出生，到当奴隶版筑护路；从武丁梦到傅说，通过一张画像找到傅说，到最终任命他为宰相；从傅说履行宰相职责，到助力武丁励精图治将国家推向兴盛。

眼前的"解说员"，无论是从他嘴里偶尔发出的"吧""啊"这些字眼，还是从他较为形象的手势，以及极富神态的表情，都看得出他非常了解这些壁画的故事，也非常了解傅说这个人。

或许是我们极其配合，整个过程他都非常自信。他用手势解说，我们用声音附和；他不停歇地"说"，我们不间断地点头，让他热烈而顺畅地完成了这一次不同寻常的"讲解"。

当殿内再没有内容可讲时，他又把我们一个一个拉在一块已经看不清字迹的牌匾前，示意摄影老师帮我们留影。

这个殿堂的参观，也因此延长了几倍的时间。

之后想想，如果不是他突然加入进来，我们并不会如此认真地将两墙壁画完整研读一遍。

要离开时，竟从他脸上看出不舍。而我此刻，也有强烈地想进一步了解他的欲望。门口桌子上，一张信纸和一支笔适时映入我的眼帘。我急忙过去，写下第一个问题："您叫什么名字？"

他非常开心地拿起笔，认真而专注地写下"焦杰鹏"三个字。抬头看我一眼后，跟着又写下另外三个字——聋哑人。从字体及写字的姿势、速度上可以看出，他读书并不多。

心内一惊，刚才我们的一系列附和，他什么也没听到。

我又问："今年多大了？"

"47，龙。"一算，他是1976年生人。这时，同行的山东散文学会秘书长王展冲他一笑："我们同龄！"然而从面相上看，他却比王展大出很多。

"你们是好人。"没想到，在我准备提下一个问题时，他写下这五个字。一瞬间，内心充满温暖。我明白，他并非是说我们做了什么善良的事，一定是觉得我们用心且耐心听了他的"讲解"。过程中，大多数时候听不懂他表达的我们，谁都没有表现出一丝疑惑、不耐烦，或者不尊重他的言行。

我们与他，彼此交换了一次信任。于是他将这五个字捧

出来，回报得到的尊重。

作为回馈，我很快写下"您更是好人，功德无量"几个字。我们几人，同时向他伸出大拇指。他开心极了，双手抱在胸前，连连表达感谢。

一来一往，与他在一张纸上对着话，得知他在太原聋哑学校读过三年书。多年来并无固定职业，一直从事门卫这样的工作。

他到傅相祠，只有一年时间。一年时间，他却把自己深深融进去，也让自己深深陷进去。他将了解的所有，传递给每名进入的游客。

这是他主动给自己增加的工作量。也许是他的爱好，或许是想用这样的努力赢得信任，那样便可以长久地留在这个地方。

他的内心，该是更热爱这个神圣的场所。

突然想起多年前采访过的一位老者杨根春，以体制外人员的身份几十年守护着长治市一个明代建筑观音堂。许多人以为他是十足的佛教徒，才会为此耗尽一生时光，没想到他却说："我一辈子不讲迷信，从没在这里烧过香、磕过头。"

面对人们惊讶的表情，他慢慢说出理由："就觉得流传了几百年的东西，毁了实在可惜。"

傅相祠的聋哑人焦杰鹏，何尝不是用同样的方式与信仰守护着心目中一位"圣人"，守护着中华民族的古老历史？

很好奇，他用什么办法知道傅说，以及壁画上的故事。

他又提起笔："没有别的办法，看书。"

一个聋哑人，一个读书人，一个敬仰并以独特方式传承文化的人。

他的形象，瞬间高大起来。

殿堂中，依旧没有客人进入。但确实，到平陆看看傅说，值得，不仅因为《墨子》《孟子》《国语》《史记》中均有记载，更因武丁中兴时期有他不可磨灭的功勋；看看守护傅说的聋哑人焦杰鹏，也值得，他不仅在无声无语的世界里读懂了傅说，更用自己的方式将圣人的故事努力传递。

要离开时，他把我俩刚刚对话的那张纸拿起来，要撕掉。一直盯着这张纸的我急忙阻止了他，拿过来工工整整叠好放进包里。

他惊讶了一下，接着便笑了，更加开心。

出得大殿时，突然发现有了太阳。扭身与焦杰鹏挥别时，阳光正洒在他满含笑容的脸上。

本文刊发于《人民日报》2023 年 7 月 19 日，后选入河北保定等地初中语文试卷。

名家名师读后感

李一鸣（作家、评论家，中国作家协会党组成员、书记处书记）

蒋殊的散文犹如雪山般纯净，细节丰富。她的文字是往深处切，往人性深处扎，不经意间流露出细腻的情感，让人动容。

杜学文（原山西省委宣传部副部长、作协党组书记、主席，现山西省文艺评论家协会主席）

蒋殊的笔下有肥沃的土地、高耸的山川、不歇的河流以及各种人物、花草。她的文字沉静而细腻、优美而节制，极善于表现人们习而不察的细节，并赋予这些细节高贵的品格与动人的情感，让人情从中来，泪眼婆娑。读她的散文会得到一种精神世界的净化与升华，让我们感受到了生活的温馨绵长、生命的尊贵博大。

程惠萍（全国优秀语文教师、《语文教学通讯》杂志封面人物）

好的文字是一道光！阅读作家蒋殊的文字就给我们带来这种感受！我和孩子仿佛在她的字里行间看到无数光源扑面而来，且深入到灵魂的角角落落！

赵旭（高中语文教师、畅销书《大语文那些事儿》作者、公众号"语文可以这样学"创始人）

蒋殊的文字像一个魔法师，又像一个指挥家，或神采飞扬或气势豪迈。她的小说，生机中有深刻；她的散文，生动中有深思。《故乡的秋夜》像静谧的花园，散发出独有的香气。

陈彦玲（本书策划人、长江文艺出版社首席编辑）

十年是一个漫长的过程。无论任何事情，能坚持十年，都会看到可喜的变化，尤其在读写上。蒋殊荣获过许多散文大奖，在这本书里，我们收录了她从2013—2023年被选入试卷和知名报刊的优美文字。我们看见日月和星辰闪耀在真情里，阳光和美善挺拔于气节中！

语文读写思考题

1. 《故乡的秋夜》中写"我与故乡，依旧可以碰撞出那种一擦即燃的火花"，请你思考这种"一擦即燃的火花"有什么深层含义，寄托了作者怎样的感情在其中？

2. 请你用简洁的语言概括"琴琴"的人物特点。

3. 《我们在一起，多好》中父亲的形象在"我"眼中不断变化，请你概括出父亲在不同阶段的形象。

4. 《阳光下的蜀葵》文末的承诺蕴含着作者丰富的思想感情，请结合全文简要分析。

5. 请你从《寻找史铁生》中找出一段体现母爱伟大之处的语句，并用自己的语言进行分析。

6. 《无人捡拾的柴火》是文章标题，文章又用大量的篇幅写了过去捡柴火的事情，请结合全文探究这样写的效果。

7. 《一碗饭，一条命》中，作者为什么要在文末点明"我的曾祖父，名叫蒋存富"？

8.《树的嬗变》中写"宽敞的院子里,一场漫长而隆重的艺术盛宴拉开帷幕:拉锯声、刨花声、墨斗声交织成一曲别样的交响曲"。请从修辞的角度赏析这段文字。

9.《渐行渐远的旷野之声》中说顺天游"可吼尽万种风情,吼出人生百态,吼出枯燥杂乱,吼出默不作声的悲苦,还有悄然潜藏心底不可见人的一桩桩心事"。请你结合文章,谈谈你对这句话的感想。

10.《盛大的告别》和我们谈论了死亡。请你读后谈谈你对死亡的看法。

11.《犹记兴家机杼声》中的主人公康拉柱是个怎样的人物?

12.《河边的战友》是关于抗美援朝战争的回忆,请你找出作者饱含对战争岁月峥嵘回忆的语句,并分析其中蕴含的感情。

13.《年轻的眼神》中说一块砖便是一名战士"奢侈"的墓碑。这里的"奢侈"表达的实际意义是什么?

14. 母亲生病做手术本是一件沉重的事情,但是《大地之上,天空之下》中却描写了"一个两岁的孩子,穿着吱吱作响的鞋子来回跑动,穿梭在一张一张床位间,高兴时便发出清脆的笑声"这一场景,请问这是一种怎样的写作手法?具有怎样的表达效果?

15. 文章以《瓦楞花》为题，有什么作用？

16.《握在手里的荣光》中王生怀的照片有什么含义？

17.《心中军歌依然嘹亮》中赵松秀老战士描述子弹打过身体的痛苦"像被镢头捣了一下"，这句话反映了赵松秀怎样的性格特点？

18.《1947年初夏的一封信》中提到王建民"从这些记忆里慢慢挖掘出他身处的这个特殊家庭一些显赫的碎片"，请你用简洁的语言概括出他的家庭成员所做出的贡献，并谈一谈你对这些行为的看法。

19.《翻山越岭去拜年》描写了过年时的热闹温馨情景，请你模仿写一段你过年的经历，字数在300字以内。

20.《一次动人的"解说"》中写"一个聋哑人，一个读书人，一个敬仰并以独特方式传承文化的人"。请你谈谈对这句话的理解。

参 考 答 案

1. "一擦即燃的火花"是指我与故乡之间深入骨髓的情感连接。无论我离开故乡之后有过怎样的经历，一回到故乡仍然感到无比亲切，充满了归宿感。寄托了作者眷恋故乡、热爱故乡的感情。

2. 琴琴是个善良、柔中带刚、有责任心的女孩子。

3. 童年时，父亲像大树一样，他照顾我，宠爱我；高中时，父亲是专制的，强行让我退学进入工厂；工作成家后，父亲在我面前失去了大人的骄傲；在父亲病重后，他变成孩子，十分依赖我。

4.（1）对蜀葵的深情，蜀葵承载着作者的儿时记忆，作者喜爱蜀葵、怀念蜀葵；（2）感动之情，蜀葵为了给人带来愉悦而生长，作者为此而感动；（3）对生活的感悟，作者深刻认识到要懂得珍惜身边事物的道理。

5. 例："多年来我头一次意识到，这园中不单处处有我的车辙，有过我车辙的地方也都有过母亲的脚印。"这句话说明，在史铁生每次来地坛时都有母亲的陪伴，母亲用自己默默的陪伴抚慰史铁生，饱含了深沉的母爱。

6. （1）标题"无人捡拾的柴火"点明了现状，而作者用大量的篇幅写过去捡柴火的事情，就是要与现在无人捡拾柴火的现象进行对比；（2）强调了柴火在过去生活中的重要性，它让人感到温暖，体现了枯枝存在的意义；（3）表达出作者对以往生活的怀念，对现在空巢村庄的无限感喟。

7. 补充交代曾祖父的姓名，使人物真实可感，强化故事的真实性。表达了作者对曾祖父的纪念，对历史的铭记。体现了作者对个体生命的尊重。

8. 这句话运用了比喻的修辞手法。把"拉锯声""刨花声""墨斗声"交织在一起的声音比作交响乐，生动形象地写出师徒沉浸于做床艺术的场景，突出木匠们的虔诚和认真，表达了我对匠人们的尊重和敬佩。

9. 顺天游是一种陕北民歌，题材十分生活化。文中的主人公李季是在求学失败后去陕北的靖边完小当小学教员，他本来内心因此十分苦闷。而在听了顺天游之后，他感受到了这种民间艺术的极大魅力，被顺天游朴实的情感、动人的唱腔所深深打动，内心的情感变得丰富而激荡，因而有了文中那句话的感受。

10. 此题为开放性答案，言之有理即可。

11. 康拉柱是一个自立自强、聪明勤劳、富有冒险精神和创造力的人。他早年外出学艺，体现出他的自立自强；在学艺过程中，他抓住各种机会学习制作羊毛口袋的窍门，体现出他的勤劳聪明；学成之后，他开办了自己的口袋坊，并把生意扩展到了呼市，体现出他的冒险精神和创造力。

12. 例："几十年间，生命中过客来来去去，唯有一种苦涩的幸福，血性的青春潜藏内心，荡气回肠，犹如大河浩荡。"从这句话中，我们感受到了老兵刘兴华为祖国而战的荣誉感，失去战友的悲痛感，历经战争创伤而努力振作的沧桑感。

13. 这里的"奢侈"是反语，暗指牺牲的战士因为战争环境的特殊而被埋葬得十分简陋。

14. 这是一种对比的手法。将大人的沉重悲伤与孩子的轻松欢乐形成对比，更加衬托出作者因为母亲重病手术而沉痛担忧的心情。

15. 托物寓意。既突出了瓦楞花不畏艰难地默默坚守、悄然绽放的情景，歌颂了瓦楞花迷人的魅力，又写出了老人坚毅、热情、淡定的性格，歌颂了老人的坚守和奉献精神，点名了文章主旨。

16. 王生怀的照片突出了一种极致的对比，饱经风霜的老年人手中握着一张英姿勃发的年轻战士照片，用如今的苍老对比当年的青春，突出了战争岁月带来的洗礼和磨炼。

17. 表现了赵松秀朴实无华的人格特点，也反映出他农家子弟出身的淳朴和坚韧。

18. 贡献：（1）王家老四王争参加抗日战争、解放战争，多次立功，老五老六也跟随王争陆续参军；（2）王家老二在抗战期间，为保护老百姓，两根手指被敌人打穿；（3）王家老大在村里当财粮主任，老三成为中华人民共和国成立后沁原最早的公安局局长；（4）王家在解放战争中给八路军战士提供米面，并作为八路军疗伤、开会、联络的地方。

看法：王家父子几人都是时代的英雄，他们忠肝义胆，值得人们钦佩和学习。

19. 此题为开放性答案，描述生动即可。

20. 焦杰鹏是一个聋哑人，为了提升工作水平，他努力读书、主动为游客讲解，将自己了解的所有知识，传递给每一位进入傅相祠的游客，身体力行传承文化。